LEEUWENHART

Monika Helfer

Leeuwenhart

ROMAN

Vertaald door
Ralph Aarnout

Wereldbibliotheek

De vertaler ontving voor deze vertaling een projectsubsidie
van het Nederlands Letterenfonds

**Nederlands letterenfonds
dutch foundation
for literature**

Deze uitgave werd mede mogelijk gemaakt door
ondersteuning van het Bundeskanzleramt Oostenrijk

Oorspronkelijke titel *Löwenherz*
© 2022 Carl Hanser Verlag GmbH & Co. KG, München
© 2024 Nederlandse vertaling Ralph Aarnout /
Wereldbibliotheek
Alle rechten voorbehouden
Omslagontwerp Nico Richter
Omslagbeeld © Mark Owen / Trevillion Images
Foto auteur © Stefan Kresser
NUR 302
ISBN 9789046830437
www.wereldbibliotheek.nl
Wereldbibliotheek maakt deel uit van Park Uitgevers

voor onze bagage

I

Een nieuwe dag,
een schoon overhemd

I

Zo was mijn broer Richard:
 Hij dacht als hij liep aan liggen,
 als hij zat aan liggen,
 als hij stond aan liggen,
 zelfs als hij vloog dacht hij aan liggen.
 Dacht altijd aan liggen.

Hij slenterde vooruit op zijn scheve benen, waar ze hem ook maar naartoe brachten, *vooruit*, zijn hoofd voor zijn benen uit, dat werd immers niet door de ruwe aarde afgeremd. Hij pakte platte stenen op, liet ze over het water scheren, hij was graag bij het water. Hij bukte zich naar een hazelworm, zette hem op zijn blote arm en neuriede hem iets voor, 'Going Up The Country' van Canned Heat, en stelde zich voor dat hij in een ver oerwoud was, waar z'n grote broers en zussen angst en schrik verbreidden. Een andere vent, eentje met scheve armen, had hem verteld dat hazelwormen het verschil hoorden tussen praten en zingen, net als slangen. Volgens hem kwamen vissen ook aanzwemmen als je met een cassetterecorder en de goede muziek aan de waterkant ging zitten en je gedeisd hield.
 Mijn broer had de hele dag de hele hemel in zijn ogen,

en als de hazelworm daarbij van zijn arm viel, bekommerde hij zich er niet meer om – mens of dier, het was ieder voor zich. Hij zag eruit als de knappe broer van Alan Wilson, de zanger van Canned Heat, die was toen al dood, hij had op zijn zevenentwintigste een eind aan zijn leven gemaakt – Richard zou dat op zijn dertigste doen. Er liep een hond achter hem aan, een beest met een dubieuze stamboom, borstelig, tot net boven zijn knie, ze mochten elkaar meteen. Hij liep met hem mee tot het donker werd en de struiken eruitzagen als spoken. Voor het blok waar hij woonde, op de tweede verdieping, boog Richard voorover naar de hond en hij praatte tegen het dier, eerst als een leraar tegen een scholier, daarna als een pastoor tegen een misdienaar en ten slotte als een komiek tegen zijn compagnon op het toneel, hij zei: 'Blijf bij me, ga niet weg! Ik noem je, hoe noem ik je, hoe noem ik je, ik noem je: Sjamasj. Je bent mijn zonnegod. Voel je thuis in mijn hok. Maar niet in de hoek schijten, als het even kan.' Wat de toekomst ook brengen mocht. Linksom of rechtsom. Voor mens en dier. Je kon haar altijd nog een strootje in de weg leggen.

Eenmaal boven ging hij, hoe krap zijn kamer ook was, op zoek naar een slaapplek voor Sjamasj, en besloot dat hij op de grond voor zijn bed moest liggen, op de afgedragen winterjas die hij al drie keer bij me had gebracht en die ik drie keer had opgelapt. Hij begon de hond te onderwijzen. Allebei liggend, Richard op zijn bed, de hond op de vloer. Niet alleen hazelwormen, slangen en vissen horen het verschil tussen praten en zingen, maar bepaalde zoogdieren ook, meende hij algauw ontdekt te hebben.

Waar Richard liep, liep de hond voortaan ook, en de hond volgde waarheen mijn broers benen leidden. Richard brak vier eieren in de pan en deelde ze met Sjamasj. Hij leerde de hond verstandig te kijken. Zo hoorde dat. Toen hij vooroverbukte om zijn vacht te aaien, stelde hij vast dat die stonk. Morgen, morgen zou hij shampoo meenemen naar het meer en hem flink inzepen. Goede shampoo, voor als Sjamasj een gevoelige huid had onder zijn ruige vacht. Hij liep de supermarkt in, wat met een hond verboden was, speelde voor slechtziende, stak een fles fijne Nivea-kindershampoo in zijn bovenbeenzak, die op dezelfde hoogte zat als de bek met de tanden van zijn hond, en liep zonder te betalen langs de kassa, met een starre, lege blik en een uitgestoken vrije arm, de hond aan een korte lijn. Sjamasj speelde mee, keek intelligent en verantwoordelijk.

Na een week kon de hond alles wat een hond volgens Richard moest kunnen. Uit dankbaarheid trok hij zijn laken glad, op een van de helften schoof hij zijn beddengoed tegen de muur, de andere dekte hij af met een paardendeken die hij in het meer had gewassen, met dezelfde shampoo als de hond, daar was voortaan de slaapplek voor Sjamasj. 'Je hebt je proeftijd doorstaan.' De hond begreep het en rolde zich op zijn plek op.

'Hij is volmaakt zindelijk,' vertelde hij mij, 'een statige hond, zelfs zijn scheten houdt hij in, hij laat ze pas als we buiten zijn.'

Ze sliepen allebei lang en diep en 's ochtends roken ze precies hetzelfde. Ze werden op zondag wakker voor het ontbijt en kropen er daarna meteen weer in. Richard zou beginnen met een baan, hij was een uitzonderlijk vakman, hij behoorde tot de avant-garde van de arbeidersklasse, maar pas na de zondag daarop, nog zeven keer slapen, dan werken.

2

Op een maandag in die heerlijke zomer, nog voor de schoolvakantie waar Richard zijn leven lang in zijn jaarkalender aan vasthield, alsof hij een eeuwig schoolkind was, vond hij aan de Bodensee, bij de baggergaten, een badkuip. Hij was misschien bedoeld als drinkplaats voor de paarden, zodat ze niet dronken van het water waarin moeders met hun kinderen zwommen. Het was vroeg in de ochtend, negen uur nog maar, geen badgasten, nog geen muggen, nog geen paarden die in het water stonden te pissen terwijl ze uit de badkuip dronken, de zomer al een flink eind op streek en het rook alsof er ergens broodjes werden gebakken. Hij trok zijn hemd en zijn spijkerbroek uit, knoopte ze aan elkaar en verstopte ze achter een wilg. Een onderbroek droeg mijn broer nooit, niet uit levensbeschouwelijke overwegingen niet, niet eens uit praktische overwegingen niet, maar omdat er nooit een in zijn kast lag en meestal omdat hij vergat er een aan te trekken en hij er pas aan dacht als zijn broek al boven was. De badkuip had de kleur van eierschalen en dat bracht hem op het idee, want hij had eens een kinderboek willen illustreren waarin een dwerg met een blauwe muts in een eierschaal de wijde zee op was gevaren. Waar de kuip gebutst was woekerde roest, het email was ruw geworden. Onderin stond een bruine plas van de regen. Hij trok takken van een struik en veegde daar de kuip mee schoon. Kinderen hadden een opblaasboot laten liggen, hij was leeggelopen en zat onder de modder en vol slakken, maar er lag wel een peddel in. Zo ging het. Hij trok de badkuip het water in, zocht eerst staand evenwicht en ging er uiteindelijk in zitten. Sjamasj sprong achter hem aan. Kennelijk stond er stroming op het meer, een lichte, een verraderlijk lichte stroming, maar het stroomde wel, want aan de ene kant liep er Rijnwater in en aan de andere kant liep het er weer uit, zonder stroming had dat niet gekund. Dus als hij bleef liggen, in de witte badkuip bleef liggen, de hond op zijn voeten, dan zou hij het wijde meer over drijven, voorbij Rorschach, voorbij Konstanz, voorbij het eiland Reichenau met zijn boomgaarden en moestuinen en zijn klooster, tot aan de Rijnwaterval in het Zwitserse kanton Schaffhausen. Daar zou hij in de ijzeren badkuip over de bulderende waterval naar beneden donderen en het misschien nog overleven ook. Ik, zijn zus, had in mijn keuken een foto van de waterval bij Schaffhausen op de koelkast hangen, daar keek hij steeds weer naar als hij bij me op bezoek was.

Mijn man, ik bedoel mijn tweede man, Michael, waar ik nog altijd mee getrouwd ben, heeft Richard goed gekend. Kort nadat wij elkaar hadden leren kennen en verliefd op elkaar waren geworden, raakten ze bevriend, ik denk dat Michael hem beter kende dan ik. Na Richards dood zei hij: 'Ik ken niemand die het leven zo onbelangrijk vond als Richard.' Ik vroeg hem waarom hij dat uitgerekend nu moest zeggen, ik was kwaad, zulke dingen wilde ik niet horen. Zijn antwoord: 'Hij had het interessanter gevonden in een badkuip over de Rijnwaterval naar beneden te storten, dan belangrijker het te overleven.' Die zinsbouw was typerend voor mijn broer – Michael citeerde hem.

Richard was mager en fijngebouwd, als kind had hij de Engelse ziekte gehad, rachitis. Misschien door kalkgebrek of een tekort aan vitamine D. Als hij liep, sleepten zijn benen naar binnen. Niet sleets, eerder nonchalant. Alsof hij geen doel had. Alsof zijn benen geen doel hadden. Alsof hij nooit haast had. Zijn hoofd had een doel, maar ook lang niet altijd. We zaten een keer een western met John Wayne te kijken op mijn kleine zwart-wit-tv. Toen de held een modderige straat overstak naar een saloon, zei ik: 'Zo loop jij, Richard, precies zo!' Precies zo liep hij niet, maar wel bijna.

Hij had vast moeite om in de badkuip zijn evenwicht te bewaren. Hij wist dat in de baggergaten bij het meer het water meteen heel diep werd en dat hij moest zwemmen als hij zou omslaan. En zwemmen kon hij niet goed. Hij zei: 'Ik kan goed zwemmen, maar alleen waar ik nog kan staan.' Dus kon hij niet zwemmen. Ik kan het ook niet. We zouden dat nooit toegeven. We verdronken nog liever. Ook nu valt het me nog zwaar het op te schrijven. Richard kiepte uit de badkuip, misschien wilde hij zeerovertje spelen, Jim Hawkins uit *Schateiland* van Robert Louis Stevenson, dat was een van zijn lievelingsboeken, hij had het in een boekhandel op het eiland Lindau gejat, hij zei: 'Het zou stijlloos zijn, dat boek aan vaste wal, en het dan nog te kopen ook.' Hij wilde Jim Hawkins spelen, zoals die in de mast klimt, Israel Hands met zijn mes dwars in zijn mond achter hem aan. Richard was een volwassen jongeman, maar de helft van zijn dagen was hij niet Richard de zetter, maar een willekeurige ander, degene die zijn fantasie toevallig voorschreef, zodat hij diegene de saaie werkelijkheid in zou vertellen – of eruit juist. Hij viel in het water. Roeide met zijn armen. Proestte, hijgde, slikte. Hij riep Sjamasj. Die vanuit de badkuip naar hem keek, een privégod die niet hielp, die zingen en praten misschien uit elkaar kon houden, maar praten en schreeuwen niet. Het had, zoals een heleboel voor- en nadien, het einde van mijn broer kunnen zijn.

3

Maar dat was het niet.

Er zat namelijk een jonge vrouw, zwanger, en met een kleuter tussen haar benen, de rug tegen haar buik geleund, op een gouden reddingsdeken – die had ze zich cadeau laten doen door een vriendelijke dienstplichtige in het ziekenhuis waar ze naartoe was gebracht, vijf jaar daarvoor, een eerste leugenachtig avontuur, koude chantagerillingen, net vijftien was ze geweest, de dienstplichtige was verliefd op haar geworden, ze had met hem afgesproken, was zwanger van hem geraakt, had een abortus gehad en hem weggejaagd, de gouden deken koesterde ze sindsdien als een trofee. Hoe dan ook, deze jonge vrouw zag Richard. Die uit alle macht trappelde. Zij, die kon zwemmen. Ze zette haar kind neer en commandeerde het niet te bewegen en op mama te wachten en heel goed op te letten wat mama nu ging doen, daar kon het wat van leren. Ze wikkelde de gouden deken om de beentjes van het kind, in alle rust, zolang die vent daar schreeuwde was hij nog niet verzopen en redding in hoogste nood is dubbele redding. Ze gooide haar kinderluchtbed in het water en zwom ermee naar mijn broer, commandeerde nu ook hem. Ze commandeerde hem zich eraan vast te houden en er met zijn borst op te gaan liggen. Wat hij ogenblikkelijk deed. En hij glimlachte haar meteen al toe – de zwangere vrouw met de zongebruinde huid die Kitti heette, Katharina eigenlijk, maar Kitti vond ze exclusiever klinken.

'Gered,' zei ze. Meer niet.

Niet zolang ze nog in het water lagen. Ze had kwebbelneigingen. Maar ze werkte aan haar karakter. Kunnen zwijgen betekent: mysterieus zijn. Ze vond zichzelf niet mysterieus, maar wie doet dat ook, het volstaat als anderen dat doen. Ze liet haar kleine tanden zien, die goed bij haar kleine handen pasten en wel melktanden leken, wat onmogelijk was, Kitti was twintig – hoor, zoals Richard me later te verstaan gaf, 'maar in haar hart minstens dertig, waarschijnlijk veertig, zo niet vijftig of zestig en meer'. Haar haar, blond, plakte natgrijs aan haar mooie ronde hoofd en haar wenkbrauwen onder haar onberispelijk ronde voorhoofd waren ook natgrijs, haar ogen zo blauw dat ze, zoals Richard zei, 'de Afrikanen de stuipen op het lijf zouden jagen'.

'Dank je wel,' zei hij.

Ze zwom terug naar de kant. Behoorlijk tevreden met zichzelf. Levensredster en mysterieus. Ik heb ook nog alle reden om haar te bedanken – met 'nog' bedoel ik: op dit punt in het verhaal.

'Kun je niet zwemmen?'

'Tuurlijk kan ik zwemmen.'

'En waarom kon je dan zonet niet zwemmen?'

'Ik had een kikkervisje ingeslikt.'

'Wat?'

'Bij het zwemmen. Of bij het duiken eigenlijk.'

Hij lag in het water, steunde met zijn elleboog in het grind aan de kant, hief zijn hoofd op, keek naar de hemel boven het groen en dacht: geluk gehad. Hij wilde met zijn buik en zijn benen in het water blijven, het water was zijn domein, het land het hare. Zo, dacht hij, hoefde hij zijn levensredster verder niet te bedanken.

'Ik was half gedoken en toen kwam dat kikkervisje er ineens aangezwommen.'

'Wat is half gedoken?'

'Dat is een vakterm.'

'Die vakterm heb ik nog nooit gehoord.'

'Het is een uit het Frans vertaalde vakterm.'

'Dat geloof ik niet. En toen?'

'Toen slikte ik dat kikkervisje in.'

'Wat?'

'Gewoon ingeslikt. Met water. Zoals je een pil doorslikt.'

'Heb jij bij het duiken dan je mond open? Dat het zo naar binnen kon zwemmen, dat kikkervisje?'

'Om lucht uit te blazen.'

'Waarom blaas jij lucht uit als je duikt?'

'Dat doe je bij de halve duik. Ja, bij de halve duik doe je dat.'

'Dat geloof ik niet. Waarom zou je dat doen?'

'Minder opwaartse druk. Daarom.'

'Heb ik nog nooit gehoord.'

'Zo heet dat.'

'Is dat ook een vakterm?'

De ontrouwe Sjamasj was direct uit de badkuip gesprongen en zat al naast het kind op de gouden reddingsdeken.

Hij sjorde aan het proviand en at de worst uit het broodje dat het meisje hem voorhield, geen mens die zich eraan stoorde.

'Dat is geen mooie hond,' zei Kitti.

'Dat is relatief,' zei Richard.

'Wat is er relatief aan zo'n lelijke hond?'

'Waar hij vandaan komt vinden ze zulke honden heel mooi.'

'Kan ik me niet voorstellen. Waar komt hij vandaan?'

'Uit Timboektoe.'

'Dat geloof ik niet. Zulke honden heb ik al vaak gezien. Je ziet ze bij elke pishoek.'

'Ze lijken hier wel op die uit Timboektoe, dat geef ik toe. Maar ze zijn totaal anders.'

'En wat kan hij?'

'Niks.'

'Wat niks?'

'Hij kan niks. Helemaal niks. Hij is gewoon een hond.'

'Als hij helemaal niks kan, waarom heb je er dan niet meteen een van hier genomen?'

'Ik zou kunnen zeggen dat hij is komen aanlopen.'

'En waarom zeg je dat niet?'

'Omdat dat niet waar is. Wil je de waarheid weten?'

'Eigenlijk niet. Ik geloof dat hij me niet interesseert. Dat hele beest interesseert me niet.'

'Wat bedoel je als je zegt dat ze in haar hart dertig of veertig is, zo niet vijftig of zestig?' vroeg ik toen Richard, helaas pas veel later, het meeste was al te laat, over Kitti vertelde.

Daar reageerde hij niet op. Ik had het antwoord zelf kunnen geven, nog voor ik Kitti leerde kennen. Hij bedoelde dat hij haar niks kon wijsmaken. Zijn verhalen werkten niet bij haar. Hij kon haar niet betoveren zoals hij altijd iedereen kon betoveren. Hij kon haar niet bang maken als het licht uit was. Ze geloofde niet dat hij 's nachts in een seriemoordenaar veranderde waar hij ook zelf bang voor was. Of in een weerwolf. Ze geloofde niks van wat hij zei. Ze geloofde niet dat Sjamasj tegelijk een Afrikaanse woestijnhond en een hyena was en dat hij hem van een dealer had overgenomen voor de prijs van een middenklasse-auto, een speurhond die niet alleen drugs van verre rook, maar de politie ook. Ze wond zich niet op als hij sterke verhalen vertelde, ze zei gewoon: 'Dat geloof ik niet.' Punt. Er hebben zoveel meisjes en vrouwen een oogje op mijn broer gehad, en ook een paar mannen, allemaal omdat hij ze betoverde met zijn hak-op-de-tak-verhalen, ook als ze ze niet geloofden lieten ze zich erdoor meeslepen. Wat een poëtische ziel, dachten ze, en dat zo'n ziel hulp nodig had en dat zij hem die wilden geven, het liefst exclusief. Meer dan zijn verhalen had mijn broer niet te bieden. Geen geld en ook niet de ambitie daar ooit veel van te krijgen, geen eerzucht. Hij was een knappe vent met mooie krullen, zijn gezicht smaller dan dat van Alan Wilson, karakterologisch behept met dezelfde ongevoeligheid voor mode als de muzikant die in verfomfaaide gabardinebroeken met hanenpootpatroon het podium op sjouwde waar zijn collega's in strakke zwarte latexbroeken rondsprongen. Richard glimlachte naar vrouwen, hij liet zijn scheve snijtand zien, maar zich uitsloven heeft hij nooit gedaan.

Op een gegeven moment zei hij: 'Ze is jonger dan ik, maar ze heeft veel meer meegemaakt, ik zal haar nooit inhalen.'

Waarom wilde Kitti hem? Als ze zich toch niet liet betoveren. Hij zei een keer tegen me: 'Seks interesseert me niet.' Ik vroeg – een merkwaardige vraag, ik geef het toe: 'Waarom interesseert seks je niet?' Zijn antwoord: 'Te weinig verrassing.'

4

Kitti nam hem. Al toen hij in het water lag te trappelen en proesten en zijn hond om hulp riep, zette ze hem op de lijst met mannen die in aanmerking kwamen als invalvader voor haar ongeboren kind en het kleintje op de gouden deken.

'Kom toch uit het water,' zei ze. 'Je bent nu gered. Kom bij ons op de deken!'

Richard geneerde zich omdat hij bloot was.

Kitti trok haar badpak uit, eentje uit één stuk, haar buik bolde al flink en duwde haar navel naar buiten, dat hoefde niet iedereen te zien. 'Nou zie je me zoals ik ben,' zei ze, 'nou wil ik jou ook zien zoals je bent.'

Zo stonden ze bloot tegenover elkaar. De zwemster en de niet-zwemmer. De dunne man met zijn witte huid en de zongebruinde vrouw met haar buik als een kogel die naar buiten wilde. Ze kleedde nu ook haar kind uit, dat ze Putzi noemde, het had alleen een rood, wollen onderbroekje aan, een zwart pluizenbolletje met een bruin gezichtje eronder waar de ogen uit fonkelden, wat er een beetje boos uitzag, maar niet boos was, helemaal niet zelfs.

'Kom, Putzi,' zei ze, 'kom naast mama staan!'

Nu waren ze met zijn drieën, bloot als een gezin, 's ochtends in alle vroegte en vrolijkheid in de badkamer, een gezin dat zich verheugde op het nieuwe leven in mama's buik.

'Ik heb geen man,' zei Kitti.

'Er zijn zoveel kinderen zonder vader,' zei Richard en hij zou alweer sterke verhalen gaan ophangen, zoals hij gewend was, van de hak op de tak. 'Zelf heb ik er gelukkig een, een bijzondere man is het, met een geamputeerd been, dat is in de oorlog afgevroren toen hij in Rusland zat...'

Ze onderbrak hem.

'Putzi 1 zou graag een vader willen,' zei ze, 'en Putzi 2 hier in mijn buik ook.'

Ik vroeg mijn broer of er toen ook nog geen belletje was gaan rinkelen. Ach, zei hij. Hij had in alle rust zijn kleren aangetrokken, had Sjamasj bij zich gefloten – hij wilde gaan, hij had haar al bedankt immers, of het werkelijk levensreddend was geweest, daar konden de meningen over uiteenlopen, hij zou de badkuip vast wel bereikt hebben en zich eraan vastgehouden. Hij was gewend dat vrouwen zich over hem wilden ontfermen, de een gaf het hem zo te verstaan, de ander weer anders, Kitti had haar eigen methode. Allemaal onschuldig op een onschuldige maandagmorgen in een onschuldige zomer, waar het op een of andere manier naar verse broodjes rook.

'Hé, blijf staan!' riep ze, nog voor hij zich had omgedraaid om te vertrekken. 'Ik heb je adres niet en weet niet hoe je heet.'

En toen legde Kitti uit, ze kenden elkaar nog geen kwartier, zonder omwegen, dat ze iemand nodig had om op Putzi 1 te passen als zij in het ziekenhuis was om Putzi 2 op de wereld te zetten. Kon hij? Ze had zijn leven gered.

Hij schreef zijn adres met balpen op de binnenkant van haar onderarm. En ze stak haar blote buik naar hem uit en kwam tegen de gesp van zijn riem aan, en hij nam haar gezicht in zijn handen, en dat alleen omdat het hem op een of andere manier logisch had geleken dat te doen.

'Ja, logisch,' zuchtte ik gelaten.

Meer was het niet geweest, zei hij. 'Ik zweer het. Meer niet!'

Maar het was wel iets meer geweest: Kitti zei tegen Putzi – wat Richard grappig vond en meer niet, meer niet: 'Geef je papa maar een kusje!'

Het kleine meisje had haar lieve bruine gezichtje vooruitgestoken en haar lieve zwarte ogen gesloten, en hij had zich voorovergebogen en met zijn wijsvinger de lippen van het kind aangeraakt.

En Richard? Die slenterde verder vooruit op zijn scheve benen, waar ze hem maar naartoe brachten. Hij had nu een baan. Hij verdiende niet slecht, maar ook niet bepaald goed. Hij was lettzetter. Zo iemand verdiende normaal gesproken meer dan hij. Hij hield van zijn beroep. Hij hield van alles, de geur, het vuil, het lawaai. Door zijn beroep had hij waardering voor zichzelf. Maar eigenlijk was mijn broer schilder. Als hij in zijn huis op de grond lag te schilderen, hij schilderde alleen liggend, hoe anders, dan, had ik gezegd als iemand me ernaar had gevraagd, dan was hij gelukkig. En als me vervolgens was gevraagd wat ik daarmee bedoelde, had ik gezegd: als hij schilderde dacht hij nergens aan. Zeker niet aan zichzelf. Niet aan drinken, niet aan eten, hij dacht niet aan roken als hij schilderde, sowieso niet aan vrouwen, niet aan zijn burgerlijke plichten en niet aan de geesten waar hij in geloofde omdat hij graag in ze had willen geloven. Ik dacht altijd: goed dat hij een vak heeft geleerd. Dat is als dat luchtbed in het water. Hoewel slimme koppen toen al voorspelden dat het achtenswaardige beroep van zetter snel zou uitsterven. Omdat de computer voor de deur stond. Omdat het computertijdperk voor de deur stond. En al snel voor elke deur.

En toen stond Kitti in de bovenstad op de tweede verdieping bij mijn broer voor de deur, ze troonde haar zwangerschap voor zich uit als een commode. Een vriendelijke meneer had beneden de deur voor haar opengedaan. Haar lippen breed en felrood gestift, haar haar in krullen gedraaid en honingblond geverfd, in combinatie met haar buik: onschuldig. Of hij zich haar herinnerde. Ze was de vrouw die zijn leven had gered.

5

Kitti nam het niet zo nauw met de mannen. Voor Putzi was een Arabier een van de waarschijnlijkere kandidaten als vader, maar die wist daar niets van. Misschien was hij de vader niet, er waren ook anderen geweest. Het haar, de ogen en de huid van de kleine wezen in de richting van de man uit Marokko, dacht ze.

'En hoe heet kleine Putzi echt?' vroeg ik Richard.

Hij kon de naam niet onthouden omdat hij hem niet kon

uitspreken, zei hij. En dat Kitti ook elke keer moest nadenken. Een Arabische naam met minstens twee 'ch's' erin, maar het kon ook een dubbele naam zijn.

Van het ongeboren kind wist ze wie de vader was. Het was haar verhuurder, met wie ze naar bed ging omdat ze hem geen huur hoefde te betalen als hij zo nu en dan bij haar mocht. In alle netheid natuurlijk, een à twee keer per week hooguit. En geen spelletjes. Gewoon gewoon. Geen raar gedoe, hij zou het niet in zijn hoofd halen. Al verbood hij mannenbezoek wel, híj was de man, de *heer* welbeschouwd, geen onderknuppel als ze dat soms dacht. Dat dacht ze niet. Ze wilde er ook niet over nadenken wat het verschil tussen een man en een heer was, aan het uiterlijk zag ze het in ieder geval niet af. Toen hij hoorde dat ze zwanger was, wilde hij niks meer met haar te maken hebben. Zo drukte hij zich uit. Eerlijk en koud. Hij zou alles ontkennen. Als ze aan alimentatie dacht of zo. Ze kon tot na de geboorte blijven, hij was natuurlijk geen onmens. Tot ze weer 'op krachten gekomen' was. De heer was getrouwd en Kitti had discretie beloofd. Ze was niet achterbaks.

Maar wel alleen discretie tegenover zijn vrouw. Zo begreep ze dat woord. Dus geen discretie tegenover buitenstaanders – zoals Richard. Hem vertelde ze alles. Meteen de eerste keer dat ze bij hem thuis was. Waar Putzi bij was, die op Richards knie zat en zijn haar draaide en haar andere handje op Sjamasj' kop legde, die dat geduldig liet gebeuren. Mijn broer was een schaamtevol mens, over seks wilde hij niet praten, met niemand, en seksverhalen wilde hij niet aanhoren, van niemand. Hij wees erop dat er een kind meeluisterde en dat niet uit te sluiten viel dat het kind in de moederbuik meekreeg dat er over de vader geroddeld werd. Maar Kitti kwebbelde verder, zoals ze gewend was als ze geen reden zag om mysterieus te doen. Ze zag de reden niet meer. Ze dacht dat ze mijn broer al had.

Putzi, het kleine schattige meisje, probeerde de man voor zich te winnen die ze helemaal niet kende, één keer had ze hem gezien, ze wilde hem graag als vader. Kitti had tegen haar gezegd: 'Vandaag gaan we bij je papa op bezoek.' Putzi draaide strengen in zijn haar en wapperde met de punten rond haar neusje. Wat haar mama vertelde begreep ze niet. Soms porde ze Richard tegen zijn borst. Zodat hij naar haar keek en glimlachte. Als hij glimlachte, was ze gelukkig. En hij ook.

Kitti liet niets onvermeld. Zo beschreef ze de penis van haar verhuurder in detail, hij was gevlekt, wit met pigmentvlekken ter grootte van duimafdrukken, zoals koeien in de wei soms, de koeien in de Milka-reclame, maar dan bruinwit in plaats van lila-wit. Ik weet dit omdat Richard de verhuurder heeft geschilderd: een doekvullende dikke man met een stijve, gevlekte penis. De titel van het werk schilderde hij boven zijn hoofd: *De verhuurder*.

'En nu?' zei Richard.

'Nu ben ik bij jou gekomen, nu ben ik er,' zei Kitti. 'Je levensredster. Zodat je mijn leven kunt redden. Dan staan we quitte.'

'En wat nu?' vroeg Richard. 'Moet ik je verhuurder laten omleggen?' Hij wilde vertellen dat hij een vriend had, die met die scheve armen, en die had dan weer een vriend die zoiets kon regelen. Kitti rook na twee woorden de opschepperij en prikte erdoorheen.

'Of Putzi 1 twee weken bij jou kan blijven, tot ik met Putzi 2 uit het ziekenhuis kom.'

'En dan?'

'Dan kom ik haar weer halen en dan staan we quitte.'

'En waar ga jij naartoe met twee kinderen? Dan heb je geen huis meer.'

Ze trok haar mond wijd open en ademde tussen haar kleine tanden door: 'Tegen die tijd heb ik er wel weer een, mijn beste.'

En hij, die iedereen wat wilde wijsmaken en die iedereen alles kon wijsmaken: 'Hoe kun je dat vanuit het ziekenhuis regelen? Dat begrijp ik niet.'

'Ik leer in het ziekenhuis wel iemand kennen, mijn beste. Waarschijnlijk zelfs een arts.' Haar wensen, zei ze, en Richard geloofde het, gingen altijd in vervulling en soms overtrof de vervulling haar wens zelfs, en Richard geloofde het.

Als om waar te maken wat hij geloofde, zei hij: 'Ik ken een arts. Die zou beslist niet onwelwillend zijn als ik je zo zie met je nieuwe haar. Een psychiater. Zeer gerespecteerd. Onder rijke stinkerds in ieder geval, en zelf is hij ook een rijke stinkerd, want zowat iedereen is getikt tegenwoordig, die rijke stinkerds zeker. Zal ik hem vertellen dat ik iemand ken die belang stelt in een affaire?' Dit keer geloofde Kitti hem en liet ze hem uitpraten. 'Hij heeft een vakantiehuis op de helling van de Pfänder. Daar kan hij je onderbrengen en een of twee keer per week bij je langskomen.'

'Is het gezellig daar?' vroeg ze.

6

Diezelfde avond nog kwam hij bij me langs om alles te vertellen en het gesprek na te spelen. Niet om er samen om te lachen. Maar om zich een beeld van Kitti te vormen. Dat deed hij overigens graag. Ik vond altijd dat hij het niet goed kon, mensen nadoen bedoel ik, en ik wilde hem dat ook steeds zeggen. Maar toen kreeg ik in de gaten dat hij het nodig had. En nu denk ik: het kwam door een tekortkoming. Hij moest zich iets eigen maken om het te begrijpen. Alsof hij niet tot empathie in staat was. Dit zou verkeerd begrepen kunnen worden, alsof hij geen hart had. Dat bedoel ik niet. Hij moest eerst iets nadoen, en dan begreep hij het. Hij moest Kitti naspelen, dan begreep hij haar. Het viel iedereen die hem kende op dat hij de tic had om zinnen na te zeggen. Belangrijke zinnen zei hij na. Soms dachten mensen dat hij de draak met ze stak. Inmiddels geloof ik dat zijn schilderwerk hetzelfde doel diende. In ieder geval wees hij het woord 'kunst' altijd af. Alsof het een gotspe was. Maar hij schilderde wanneer hij maar tijd had. En belangrijke gesprekken speelde hij na. Een gesprek met zijn baas, het gesprek met de man bij de rijbewijsbalie, een gesprek met een politieagent die hem had verhoord wegens drugsbezit. Dan kwam hij bij me en speelde hij na wat hij gezegd en wat de ander gezegd had. Eerst dacht ik dat hij een beeld wilde schetsen. Voor mij. Maar dat was niet zo.

'Waarom wil je je in vredesnaam een beeld van die zogenoemde Kitti vormen, Richard?' vroeg ik.

Door zo afkeurend te praten hoopte ik mijn antipathie voor deze vrouw, die ik, moet ik bekennen, nog helemaal niet kende, te laten blijken. Was hij verliefd op haar? Waarom zou je je anders een beeld van iemand willen vormen? En nu had hij er spijt van dat hij over die psychiater was begonnen. Dat hij zichzelf een rivaal had bezorgd. Ik kende die psychiater, een knappe man, charmant, hij zou alles in het werk stellen, aan vriendschap liet hij zich niets gelegen liggen, nog afgezien van het feit dat Richard geen echt goede vriend van hem was. Ik dacht: nou schiet mijn broer alweer een bok. Blijft hij aan een bedenkelijke vrouw plakken en krijgt hij er meteen twee kinderen bij cadeau.

Ik laat Michael zien wat ik tot dusverre heb geschreven. Ik ben de zus, hij was zijn vriend. Michael was in die tijd mijn minnaar, ik was getrouwd. Een keer toen mijn man op zakenreis was en Oliver bij zijn grootmoeder en Undine bij mijn zus Gretel, zo had ik het geregeld, kwam Michael bij me langs en namen we het er twee dagen van, in mijn huwelijksbed, onbezonnen als we waren, en opeens belde Richard aan. Ik stelde ze aan elkaar voor, we praatten en dronken wijn en rookten van de wiet die Richard teelde, en toen hij weer vertrok zei hij tegen Michael dat hij hem een goeie vent vond, en dat hij een verhouding had met mij, zijn zus, dat kon hij alleen maar toejuichen, want wat goed voor mij was, dat juichte hij toe. Ik ben niet zo iemand die iets moet naspelen om het te onthouden. Maar deze woorden heb ik onthouden. Michael onthield ze ook. Een generatie terug was zoiets nog onmogelijk geweest. Als ik me voorstel dat mijn moeder een minnaar had gehad en dat een van haar broers daar lucht van had gekregen – ik had niet in de schoenen van die man willen staan. Toen mijn eerste man en ik gescheiden waren en Michael en ik een jaar later gingen trouwen, kwam mijn oom Sepp bij ons op visite, hij nam Michael apart en zei dat hij een huwelijk had verwoest en dat de enige manier om dat goed te maken was om mij tot het eind van m'n leven op handen te dragen. Als hij zou horen dat Michael me sloeg, dan vermoordde hij hem.

'Wat vind je ervan?' vraag ik Michael, als hij de paar bladzijden heeft gelezen. En ik zeg weer, zoals ik al zo vaak heb gezegd, dat hij Richard beter heeft gekend dan ik. Ik zeg dat om mijn man nieuwe verhalen over mijn broer te ontlokken. Nadat ik boeken over mijn grootmoeder en mijn vader had geschreven, was ik een tijdlang erg onrustig, en toen zei Michael dat ik een derde boek moest schrijven, het boek over mijn broer.

'Ik geloof niet dat hij verliefd was op Kitti,' zegt hij. Volgens hem is mijn broer zijn leven lang nooit verliefd geweest.

'Hebben jullie het daar nooit over gehad?' vraag ik.

'Nee, nooit.'

'Waar dan over?' vraag ik.

'Waar jongens het over hebben.'

'Waar hebben jongens het over?'

'Over het heelal bijvoorbeeld.'

En ze gaven elkaar raadsels op. Neem iets in gedachten! Heb je iets? En dan ging de ander vragen stellen. En de een mocht alleen ja of nee zeggen. Is het iets levends? Ja. Is het een dier? Nee. Een mens? Ja. Enzovoort, totdat het uiteindelijk Napoleon bleek te zijn. Of iets anders. Of een ander spelletje: er zitten vier doden aan tafel, allemaal met een speelkaart voor zich, en eentje heeft ook een revolver. Wat is er gebeurd? Je mag weer alleen ja of nee zeggen.

7

Als het woord viel, zei Richard vaak en automatisch: 'De letterzetter is de avant-garde van de arbeidersklasse.' Inmiddels bestaat de arbeidersklasse ook niet meer. Hij werkte bij een klein bedrijfje in de buurt van het station. Hij nam me een keer mee om me de machines te laten zien. Hij was opgewonden. Hij praatte met zoveel liefde over die zwarte monsters dat ik volschoot. We zouden samen een boek gaan maken, iets volstrekt unieks. Handgeschept papier, loden zetwerk, bijzondere lettertypes, kleurenetsen, eigen vormgeving, handgebonden, leeslint, geitenleren omslag met de titel in preegdruk, oplage twintig exemplaren, door ons beiden handgesigneerd. Drieëndertig prozagedichten. We zouden de oplage zelf betalen en zelf verkopen, misschien zouden we subsidie krijgen van het ministerie van Onderwijs, waarschijnlijk zelfs, de eerdergenoemde psychiater had direct vijf exemplaren laten reserveren en een aanbetaling gedaan, die is op een of andere manier in mijn broers leven weggelekt.

Zijn baas was een gierigaard als uit een Mickey Mouse-strip. Omdat hij zoveel onbetaalde overuren had gemaakt vroeg Richard een keer om loonsverhoging. Wat zijn baas hem uiteindelijk toekende was zo belachelijk dat Richard niet protesteerde, maar het afwees.

'Tweehonderd schilling?'

'Juist, Richard, tweehonderd schilling.'
'Per maand?'
'Per maand.'
'Maar dan wel veertien keer per jaar.'
'Waarom veertien keer, Richard?'
'Gewoon, een dertiende en veertiende maand.'
'Maar Richard, een jaar heeft toch maar twaalf maanden.'
'Dan weiger ik het.'

Hij dacht dat zijn baas zich zou schamen en nu zelfs meer zou geven dan gevraagd.

Maar zijn baas zei alleen: 'Dank je wel, Richard, dat is heel nobel van je.'

Ook deze scène speelde hij voor me na. Omdat hij zich een beeld van zijn baas wilde vormen.

Hij ging elke morgen, nadat hij een glas melk had gedronken, wat hem moeite kostte, lopend naar zijn werk. Mensen die hem zagen, dachten misschien: die heeft het voor elkaar, hij flaneert, hij moet wel een vrouw hebben die hem onderhoudt, of een vader met een eigen brouwerij – een man van die leeftijd die de hele dag vrij is. De melk was voor zijn gezondheid, omdat hij met lood werkte. Melk tegen lood, ik heb het nooit begrepen. Sjamasj ging mee, die lag naast de zetmachine. Ook voor hem zette hij elke dag een kom melk klaar. De hond hoefde zich nergens overheen te zetten. Een goede hond die nooit blafte, die naar niemand gromde en voor noch achter ooit iets verloor. Ze waren zo hecht met zijn tweeën, ze leken wel één.

'Nog tien jaar,' zei ik, 'en Sjamasj heeft net zo'n gezicht als jij en jij net zo een als Sjamasj.'

Hij droomde altijd van een wit pak. Zijn schilderijen waren heel kleurrijk. Met olie- en plakkaatverf. Elk schilderij weer, alsof het bedoeld was om nakomende generaties te laten zien hoeveel kleuren er ooit op de wereld waren geweest. Als hij schilderde, dan van 's ochtends tot diep in de nacht. Hij rookte er niet eens bij. Hij schilderde met dunne penselen. Landschappen waar mensen in staan. Kamers waar mensen in staan. Voetbalvelden met mensen die op de tribunes staan. Straten waar mensen in staan. Huwelijksschilderijen met veel gasten. Zonder beweging. Niemand die loopt of rent of paardrijdt of zwemt of fietst. Schilderijen als van Doornroosjes verjaardag. Alle mensen kijken de toeschouwer direct en star in de ogen. Alsof het gezicht van de toeschouwer plotseling aan hun horizon is verschenen en ze verstard zijn van schrik.

Ons gezamenlijke project is nooit voorbij de praatfase gekomen. Maar toen kreeg een uitgever belangstelling voor mijn korte prozastukken en ik zei dat ik wilde dat mijn broer de teksten zou illustreren. De uitgever bekeek de schilderijen die in mijn keuken hingen en hij was betoverd, betoverd alsof mijn broer hem een van zijn verhalen had verteld.

Hij zei: 'Uw broer is een naïef schilder.'

Daar nam Richard aanstoot aan. Ik moest de uitgever maar zeggen dat hij een naïeve idioot was.

Ik zei: 'Naïef schilder is een eretitel, Richard! Naïeve schilderkunst is een begrip als expressionisme of kubisme. De uitgever bewondert je schilderijen. Hij vergeleek je met Henri Rousseau. Hij zei dat hij de hele serie van je wil kopen. Hij geeft je een goede prijs. Dit is je kans!' drong ik aan. 'Hij heeft allemaal vrienden die goed in de slappe was zitten, die trekken de beurs wel, noem een hoge prijs, hoe hoger, hoe hebberiger ze zijn.'

De schilderijen waren niet te koop, zei hij, niet te koop, alleen 'te krijg'. Toch deed het hem goed en ging hij direct zitten en schilderde hij zeven doeken.

'Verkoop jij ze maar!' zei hij.

Wat ik niet deed. Er is een tijd geweest, moet ik bekennen, toen onze kinderen Paula en Lorenz nog maar een en drie waren, Undine en Oliver zaten nog op school, dat Michael en ik geen cent hadden, maar wel schulden als de ark van Noach vlooien, en de bankmedewerker toen ik tweeduizend schilling wilde opnemen voor boodschappen, wat nu nog geen honderdtwintig euro zou zijn, vroeg of vijftienhonderd schilling ook genoeg was, toen dacht ik eraan de schilderijen te verkopen. Maar tegen die tijd leefde de uitgever al niet meer.

Richard heeft Kitti ook geschilderd. Eén schilderij. Helemaal uit zijn hoofd. Een gladde, rozerode, dikke huid. Als de huid van een dik varkentje. Ook zij staart het monster aan de horizon aan. Niets in het schilderij herinnert aan het origineel.

'Ik heb haar niet gezegd dat zij het is,' verklapte hij mij.

Ik vroeg waarom hij haar niet had geschilderd zoals ze werkelijk was.

'Zo is ze,' zei hij.

'Trouwens,' zegt Michael, 'wat je daar schrijft, dat hij *Schateiland* naspeelde, of wilde naspelen, Israel Hands die met een mes tussen zijn tanden achter Jim Hawkins aan de mast in klimt, je schrijft dat hij zich met Jim Hawkins identificeerde of iets dergelijks, dat is niet zo. Dat geloof ik niet. Dat was het eigenaardige aan hem. Dat hij zich juist níét identificeerde met de figuren die door zijn hoofd spookten, die hij had uitgedacht of waar hij over had gelezen, zoals Jim Hawkins en de monnik van Matthew Gregory Lewis en de baanwachter van Hauptmann en de deugniet van Eichendorff. Hij observeerde de levens van die figuren, die waar hij over las en die hij zelf verzon, hij observeerde wat ze deden en ging ze achterna. Hij vroeg zich niet af: hoe zou het zijn als ik hem was. En hijzelf, hij was voor zichzelf ook zo'n figuur. Waar hij zich niet mee identificeerde. Iemand die hij alleen maar observeerde. Wat hem dreef. Wat er met hem gebeurde. En die hij achternaging. Hij ging achter zichzelf aan. Hij zat gewoon zichzelf achterna.'

8

De laatste avond van september, de geur van aardappelvuurtjes hing over de stad, Richard en Sjamasj waren nog maar net thuisgekomen uit hun werk, stond er een vrouw voor zijn deur, de vriendelijke buurman had ook haar binnengelaten. Ze vertelde dat ze Kitti's buurvrouw was. Kitti had een meisje op de wereld gezet, ze was nog in het ziekenhuis en behoorlijk down. Ze had haar gevraagd Putzi naar haar vader te brengen. Putzi zat beneden in de auto. Of ze het kind binnen mocht halen. Met een ondertoon die duidelijker was dan de boventoon: het wordt tijd dat je je om je dochter bekommert, klaploper!

'Ja, natuurlijk,' zei Richard. Ik zie zijn gezicht voor me: zo'n onnavolgbaar volwassen blik waar alleen onvolwassenen toe in staat zijn. 'Ja, natuurlijk.'

'Papa!' riep Putzi toen ze de trap op kwam klauteren, de ene voet vooruit, de andere erachteraan, de ene voet weer vooruit, de andere er weer achteraan. Sjamasj kwispelde zo met zijn staart dat hij zijn achterpoten haast van de grond sloeg en blafte – maar maar één keer. Ze stak Richard haar armpjes toe, ze had een snotneus en stond te snuiven, hij tilde haar van de grond en drukte haar tegen zich aan en zette zijn onnavolgbaar volwassen gezicht op – als een kind dat zich geen raad weet met de situatie.

Daar stonden ze in zijn kleine kamer, de onechte papa en de onechte dochter. Putzi had een natte broek. De vrouw had een koffertje achtergelaten, dat maakte hij open, hij vond vijf luiers en een paar schone kleren, er haastig in gepropt, zoals wanneer je van iemand af wilt.

'Heb je ergens zin in?' vroeg hij. Hij praatte met Putzi als met een volwassene, alsof ze iemand was als hij, maar hij was ook niet volwassen, niet wat daaronder wordt verstaan.

'Jawel,' zei ze en ze keek hem gelukkig aan.

'Waarin dan?'

'Jawel,' zei ze nog eens.

'Wil je een potje jassen?'

'Ja, jassen.'

Ze wist natuurlijk niet wat jassen is. Hij haalde een pakje jaskaarten uit de kast en deelde uit. Het zijn de mooiste speelkaarten die er zijn, dat is mijn mening. Op elke kaart staat een plaatje waar je een verhaal in kunt lezen. De Weli bijvoorbeeld, die zo heet omdat er 'Weli' boven staat. Niemand weet wat het betekent. Het is de ruitenzes, met een grafsteen erop waar een treurboom over gebogen staat, en merkwaardig genoeg staan er ook nog een eikel en een hartje op. Putzi vond vooral de hartenacht mooi, met een olifant met een rood-geel gestreepte deken over zijn rug, en de hartenzes met een leeuw en de klaveraas met een eenhoorn en een hert die allebei steigeren, en de ruitenaas met het varken. Geduldig, met plezier en veel gelach leerde mijn broer het kind jassen. Vervolgens speelden ze serieus om geld. Richard vulde twee jampotten met tien groschenmuntjes die hij bij de bank had gewisseld. Op de ene pot plakte hij een tekening van Putzi, op de andere schreef hij zijn naam, zijn volledige naam: Richard Helfer.

Nu vroeg hij: 'Welke kleur wil je hebben? Geel, rood of groen?'

'Groen,' zei Putzi.

'Waarom groen?'

'Rood.'

'Waarom rood?'

'Groen.'

'Groen is klaver.'

'Rood.'

'Rood is harten.'

'Rood.'

'Goed, rood.'

Hij had, vertelde hij, overwogen naar de politie te gaan en Putzi daar gewoon af te geven. Dat ze op straat bij hem was komen aanlopen. Wat doe je als er een kind bij je aanloopt? Dan ga je naar de politie. Een man met een geweten doet dat. Dat ze met een koffertje in haar hand bij hem was komen aanlopen. Maar dat had hij verworpen, de koffer was te zwaar voor een kind van drie. En bovendien keek Putzi hem zo lief aan, zo ontzettend lief. En bovendien kenden ze hem op het politiebureau, omdat ze hem al meerdere keren met marihuana hadden betrapt, zij het nooit genoeg om hem iets te kunnen maken. Kitti's buurvrouw was ook al weg. Zodra Richard het kind op zijn arm had, was ze de halve trap al af geweest. Hij had de auto meteen horen wegrijden.

Dus kwam hij met het kind bij mij. Mijn man, mijn eerste, was op zakenreis, hij was vertegenwoordiger in een sensationele lijm die de moleculen van de te verbinden delen met elkaar verweefde alsof ze uit één stuk waren. Oliver en Undine waren bij mijn zus Gretel en hun oma. Gretel wist dat ik een minnaar had, ze wist ook dat ik wilde scheiden en dat Michael en ik serieuze bedoelingen hadden. Ze mocht Michael graag. Van begin af aan al. Ze had hem bij zijn hand gepakt en die fanatiek geschud, alsof zijn arm een deel van een pomp was waar je water mee uit de grond kunt krijgen. Als gezegd: die avond leerden Richard en Michael elkaar kennen. Er stond een canapé in mijn keuken, daar legden we Putzi op, we dekten haar toe met Undines deken. Ze keek ons een tijdje zwijgend aan met haar fonkelende ogen, toen sliep ze in. Ik hoorde haar zuchten in haar slaap. Als een volwassene. En wij drieën dronken wijn, Richard rolde een joint, die lieten we rondgaan.

Tot in november, bijna twee maanden, hoorde hij niets van Kitti. Maar hij deed ook niets om haar te vinden. Zoals bij alles ter wereld hield hij er geen rekening mee dat mensen ook maar het geringste initiatief van hem verwachtten. Hij had het geaccepteerd dat er een kind bij hem woonde dat papa tegen hem zei. Hij leerde het voor het slapengaan een luier om te doen. Hij maakte verschillende soorten puree. Hij leerde haar de puree met de opscheplepel op hun borden te doen. De puree was dik en de bult op haar bord was haast even groot als haar hoofdje. Hij leerde haar, al was ze er veel te klein voor, de cijfers, en de letters van haar naam, p, u, t, z, i. En hij leerde haar de cijfers en letters in spiegelschrift, hij was zetter immers, zo vader zo dochter. Hij kocht kleurpotloden, voor elk cijfer eentje, 1 was lichtgeel, 2 lichtrood, 3 bruin, 4 lichtgroen, 5 donkergroen, 6 donkerrood, 7 oranje, 8 blauw, 9 paars. Hij praatte met Putzi zoals hij met Sjamasj praatte, namelijk: zoals hij met zijn vriend praatte, die met die scheve armen: op een barse maar liefdevolle, ironische, volwassen toon.

Als hij een felgekleurde lolly meebracht, zei hij: 'Kijk eens, Putzi, ik heb iets héél vreselijks voor je gevonden.'

Had iemand hem ernaar gevraagd, dan had hij gezegd: nee, ik heb geen problemen. Sjamasj en Putzi hielden van elkaar als broer en zus, dus. Putzi miste haar moeder niet, dus. Putzi hield van hem zoals dochters van vaders houden, dus. Overdag, als hij werkte, was Putzi bij mij, soms bij Gretel, een enkele keer bij Michael. Hij wende zich aan vroeg op te staan. Dus waar zou hij problemen mee hebben? Mijn man, ondanks al het lelijks tussen ons, was wel een vrijgevige man, hij had als dertiger geaccepteerd dat zijn leven en mijn leven, het leven van zijn ouders en van de meeste mensen in zijn omgeving, en zeker het leven van zijn zwager, dat ze allemaal op hun eigen manier een onbeheersbare chaos waren. Een schattig klein meisje met een peilloos diepe, ernstige blik en een altijd lachende mond maakte die chaos niet meer groter. En als hij 's avonds thuiskwam, had Richard Putzi meestal ook alweer opgehaald.

In het begin vroeg ik soms nog: 'Hoe moet dit verder, Richard?' Ik wees hem erop dat de situatie uiteindelijk toch niet legaal kon zijn, een man die samenleefde met het kind van een vrouw die hij hooguit drie of vier keer had gezien.

Hij antwoordde: 'We zullen zien.'

Ik zei: 'Die komt niet meer terug!'

Hij zei: 'We zullen zien.'

Hij bracht al zijn weekeinden met het kind door. Ze speelden met blokken, oefenden met tellen tot tien, en samen maakten ze schilderijen en componeerden tweestemmige cantates. Samen met Michael ging hij op zaterdagochtend naar Lang, de fietsenwinkel in de Jahnstraße, waar ze Putzi lieten zien wat een brommer was en wat een fiets, ze zetten het kind op de ene en liepen er een rondje mee en vervolgens op de andere. Ze hielden Putzi vast aan handen en voeten en wiegden haar heen en weer tot ze gierde van de pret. 's Zondagsochtends nam hij haar uit wandelen door de lege stad, hij liet haar automerken uit haar hoofd leren en overhoorde haar en prees haar omdat ze ze steeds allemaal wist. Ze gingen een ijsje halen en plasten bij de pier met hun voeten in het water. Als ze moe was, droeg hij haar 's avonds op zijn schouders naar de bovenstad, ze legde haar hoofdje op zijn kruin, hij hield haar bij haar armpjes. Thuis maakte hij nog chocolademelk voor haar warm en legde haar in het bed dat hij voor haar in elkaar had gezet. Sjamasj zat rechtop naast haar en trok zijn bewakersgezicht. Ik maakte me vreselijk zorgen en vroeg me af wat ik moest zeggen als het allemaal aan het licht kwam en Richard misschien zelfs justitie achter zich aan kreeg en ik dan als zijn getuige werd opgeroepen. Ik zou zeggen: 'Hij was Putzi's paradijs en Putzi was zijn paradijs.' En dan zou de rechter zeggen: 'Nu even serieus, geen enkel kind kan Putzi heten, hoe heet ze echt?' En noch Richard noch ik kon daar antwoord op geven. En dat zou het definitieve bewijs zijn dat hij en ik schoften waren, schurken, misdadigers eigenlijk.

Op een gegeven moment zei ik tegen hem: 'Hoor eens, als het erop aankomt, zal ze beweren dat je Putzi hebt ontvoerd.'

En opnieuw zei hij alleen: 'We zullen zien.'

En toen, half november, stond ze bij hem voor de deur. Kitti. Een spijkerbroek met piepkleine ronde spiegeltjes erop genaaid. Zwartgeverfde haren. Een nieuwe tatoeage om haar biceps, een doornenkroon met bloeddruppels. Hij moest nú voor de dag komen met het kind.

Toen hij het me vertelde – en naspeelde –, zei ik: 'Is dat hoe ze het zei? Letterlijk zo? Dat je met het kind "voor de dag" moest komen?'

Zo en niet anders had ze het geformuleerd. Ze had langs hem heen naar binnen gekeken, hoe Putzi op de grond met Sjamasj zat te spelen. Kitti duwde Richard aan de kant, hij moest de hond in bedwang houden, commandeerde ze, ze nam Putzi bij haar handje, sleurde haar het huis uit en over de trap naar beneden. Richard hoorde het kind huilen en schreeuwen. 'Papa, papa!' Hij moest Sjamasj in bedwang houden, die werd wild.

9

Ook als hij vloog dacht hij aan liggen, zei ik – terwijl hij helemaal nooit heeft gevlogen. Naar Afrika ging hij met de boot, eerst liftend naar Spanje, toen met de veerboot naar Marokko en liftend verder naar de stad van zijn dromen: Marrakesh. Hij was toen nog maar zeventien, hij had net zijn vakdiploma gehaald. Als hij het over vliegen had, en hij was heel graag eens gevlogen, het liefst naar Zuid-Amerika, dweepte hij dat je in chique vliegtuigen je stoel achterover kon zetten om te slapen, boven alles in de wereld slapen, tot de luidspreker verkondigde dat de landing werd ingezet, in Buenos Aires of Montevideo of São Paulo of Rio de Janeiro of Caracas. In Zürich opstijgen en dan liggen en slapen, twaalf uur lang.

Zelfs als hij lag dacht hij aan liggen – zo was mijn broer Richard. Die onze vader Leeuwenhart noemde...

II

Geen hoogvlieger

I

... die onze vader zijn hele leven graag Leeuwenhart had willen noemen. Maar hem zelden zo noemde. En als hij het al deed, dan alsof hij het ironisch bedoelde en niet liefdevol. Omdat hij bang was dat de volwassen Richard zou zeggen: 'Laat dat!' – Waarom was hij daar bang voor? Zoiets zou Richard toch nooit zeggen.

'Zou hij zoiets zeggen?' vraag ik Michael.

'Hij had het gedacht,' zegt Michael. 'We hebben het nooit over jullie vader gehad.'

Richard had de liefde van onze vader niet nodig. In dergelijke geconcentreerde vorm was die trouwens ook niet genietbaar. Als een bouillonblokje... – Dat is me zo uit mijn vingers gerold, vanzelf, nu ik het doorlees vind ik het uit de hoogte klinken. Wie ben ik om zoiets te schrijven! Toch laat ik het staan. Gevoelens waren voor onze vader een onontwarbare kluwen en voor Richard niet overdreven interessant. Vertaald in alledaagse liefdestaal betekende 'Leeuwenhart' voor onze vader: 'Je bent mijn één en alles.' Richard wilde niemands één en alles zijn.

We hadden ons zo op ons broertje verheugd, mijn zus Gretel en ik, ik was zes, Gretel acht, en toen hij eenmaal op de buik van onze moeder lag, alles was wit, was hij allerliefst en overtrof hij ruimschoots de poppen die we ons hadden ingebeeld, waar we liever mee wilden spelen dan met de echte. Als ik terugdenk, en ik herinner het me heel goed, beklemt het me. Het was ook zo onrechtvaardig. Tegenover onze moeder. We gedroegen ons alsof haar taak erop zat. Alsof haar aandeel in het kindje erin had bestaan het op de wereld te zetten. En dat het nu onze beurt was. Wij, dat waren mijn zus en ik en onze vader. Mama lag in het grote bed, de ramen verduisterd, haar huid wit, haar kussen wit, de deken wit, het kind op haar borst wit, ze glimlachte en bleef glimlachen als we haar het kind afnamen om ermee te doen wat ons aandeel was.

Ik kon maar geen genoeg krijgen van zijn mondje. Zo weergaloos rozerood, zo weergaloos vochtig. Als er niemand naar me keek, kon ik het niet laten om beide minilipjes tussen mijn duim en wijsvinger te nemen en ze te kneden, eerst zacht, dan harder, tot ik zo hard drukte dat hij schreeuwde. Gretel kon geen genoeg krijgen van zijn handjes en zijn voetjes en er ook niet van afblijven, en deed dat ook niet, tot hij schreeuwde.

'Kijk nou,' zei ze, 'het is alsof ze aan hem vastgeschroefd zitten.'

Ze trok aan zijn mollige witte onderarmpjes en zijn tengere handjes om te zien of het inderdaad losse delen waren die vastgeschroefd zaten, of vastgeplakt of vastgenaaid.

Hij was zo zacht dat je hem kon kneden en hij gaf ons het gevoel dat hij belangrijke dingen in zijn hoofd had. Toen zijn ogen nog halfblind waren al. Alsof hij bedacht hoe hij nog gauw belangrijke zaken van aan de andere kant kon veiligstellen. Hij kreeg al snel haar. Ons geluk was groot toen we hem bijvoeding mochten geven bij de moedermelk. Eerst met een fles, later met een ivoren lepeltje. We waren trots op hem toen hij uit zijn eerste trappelpakje gegroeid was. We hadden hem graag meegenomen in de kabelbaan om hem beneden in het dorp te laten zien, omdat hij bij bepaalde lichtinval gouden krullen had en een oogkleur tussen bruin en groen, soms meer het een, soms meer het ander, wie heeft er nou zulke ogen. Ik heb de kleine schoentjes met het gaatjespatroon nog die tante Irma voor hem meebracht toen hij pas geboren was, ze zijn vaalrood en hangen aan de originele veters aan de boekenkast achter mijn bureau. Destijds dacht ik: wat heeft het nou voor zin om iemand die nog geen washandje van zijn eigen vuist kan onderscheiden leren schoenen te geven. Iedere keer dat onze vader terugkwam uit zijn 'studeervertrek', dat was een kamer in de stad in het dal, bracht hij iets voor Richard mee, een keer een aap met armen die konden bewegen. Voor ons niks. Ook toen dacht ik: wat heeft dat nou voor zin? De aap is haast even groot als de zuigeling, de een heeft voor de ander geen enkele betekenis. De zuigeling ligt op een apenoor te kauwen, meer niet. De aap kan nog niet eens als knuffel dienen, omdat de zuigeling niet weet wat knuffelen is. Dus hebben die aap en die andere dingen maar één functie, namelijk ons, Gretel en mij, duidelijk te maken: jullie niet. Alleen Richard was de lieveling van onze vader. En hij bleef zijn lieveling tot zijn dood.

We woonden toen nog op de Tschengla, 1220 meter boven zeeniveau, het was ons paradijs, waar het naar dennenhars rook en soms naar föhn, waar we ivoren honinglepeltjes hadden, een hele la vol. We woonden in het herstellingsoord voor oorlogsslachtoffers, onze vader was de beheerder. De oorlogsslachtoffers brachten er in de zomervakantie twee maanden door, ze 'tankten zon' – zoals ze het noemden en ik me probeerde voor te stellen – en namen het ervan bij de rabarbercake waar onze tante Irma bakplaten vol van bakte, met koffie en brandewijn erbij. In de lente, de herfst en de winter was het grote huis aan de voet van het bos van ons, helemaal van ons alleen. Wij, dat waren: papa, mama, Gretel en ik en tante Irma. Plus een huishoudelijke hulp en een kokkin. En er kwam niemand die zei: 'Dames en heren, u werkt twee maanden per jaar, maar u wordt voor twaalf maanden betaald, dat kan niet!' Dat kon wel, we woonden namelijk in het paradijs en zo vlak na de oorlog durfde niemand in een herstellingsoord voor oorlogsslachtoffers de rekening op te maken en orders uit te delen. En nu hadden we, boven op al dat goeds, ook nog een baby.

Rond het huis lag een houten veranda, aan de zuid- en de westkant breed, aan de oost- en de noordkant smal als een stoep. Gretel en ik wisselden elkaar af, nu eens mocht zij, en dan mocht ik een rondje met de kinderwagen met de rieten kap lopen. Terwijl de een liep, zat de ander op de rand van de veranda, de knieën dicht bij elkaar, de handen gevouwen en in de schoot, tot honderd te tellen. De tijd die de een te lang alleen was met ons broertje telde de ander erbij op als het haar beurt was. Het wachten, herinner ik me, was even heerlijk als het rijden met de kinderwagen. Ik telde nooit. Gretel telde toch wel. Ze bediende het plezier van het lopen door te tellen. Omdat ze rechtvaardig en precies wilde zijn. Ik liet mijn gedachten de vrije loop, volgens mij had ik toen voor het eerst het gelukzalige gevoel van alleen-zijn waar ik tot op de dag van vandaag naar verlang en waar je geen zeggenschap over hebt, het komt of het komt niet. En maakt het gelukkigst als het onverwacht komt. Ik dacht: ik ben nu twee minuten alleen, langer wil ik niet, langer hoef ik niet.

Ik hoorde Gretel de hoek om komen en telde hardop: 'Honderdtweeëntwintig, honderddrieëntwintig, honderdvierentwintig...' En ik zei: 'Je bent alweer te lang weggebleven, Gretel. Dat moet ik er helaas bij optellen.'

Zo waren we. Als het ventje huilde, wist de een wat de ander had gedaan en omgekeerd. Zo brachten Gretel en ik onze middagen door. Ons huiswerk was klaar. We hadden onze moeder in de grote slaapkamer gestreeld, we hadden ons middageten gehad en 'dank u, het heeft ons voldaan' gezegd.

Onze vader kwam naar buiten, soms deed hij op werkdagen een stropdas om, hoewel het niet te verwachten viel dat er iemand langs zou komen. Op een geruit overhemd droeg hij graag een gestreepte stropdas. Hij haalde ons broertje uit de wagen, zuchtte en duwde zijn gezichtje tussen bovenarm en borst tot de kleine koning het uitschreeuwde. Richard Leeuwenhart, de spoorloos verdwenen koning die uiteindelijk door een zanger werd gevonden en uit zijn kerker werd bevrijd.

Onze moeder lag in bed om te herstellen. Eerst hoorden we dat ze herstelde, toen was het: 'Ze is ziek.'

2

Op een keer lieten we hem van de tafel op de harde grond vallen. Van zeventig centimeter hoogte. Gretel en ik zouden hem een luier omdoen, zij dacht dat ik hem vasthield en ik dacht dat zij hem vasthield. Hij leek wel dood. Zijn ogen griezelig en opzijgedraaid. Zijn mondje open, rond als een erwtje. Geen geluid. Geen beweging. Als een pop. Ik dacht: ik kan nooit meer fantaseren dat een pop leeft, zo lang stond de tijd stil. Eindelijk hoorden we een zacht gezuig, dat was de lucht die hij inhaleerde, het werd luider, en toen schreeuwde hij. En wij ook. Hij liep blauw aan van het schreeuwen. We waren gelukkig. Nog gelukkiger dan bij zijn geboorte. Hij was niet dood. Maar we waren bang dat hij er iets aan had overgehouden en wilden hem in de gaten houden. Het was zomer. Gelukkig. In de winter lopen veel dingen slechter af. We droegen hem naar buiten, over het grasveld het bos in. Gretel droeg hem, daar hadden we met steen-papierschaar om geloot, ik ging erachteraan met de deken en het kussen. We legden hem op de deken in het mos en hielden hem in de gaten, onze hoofden boven zijn gezicht als reusachtige beschermengelen. Als we met een vinger voor zijn neusje heen en weer wiebelden, lachte hij en trappelde even met zijn beentjes.

'Dat is een goed teken,' zei Gretel.

'Knijp eens,' zei ik.

'Waarom ik?' zei ze, ze kon nog elk moment in huilen uitbarsten, van angst of van geluk.

'Je knijpt hem anders toch ook,' zei ik.

'Dat doe ik niet, ik knuffel hem lief, maar altijd zachtjes.'

'Waarom huilt hij dan als je hem knuffelt?'

'Bij jou huilt hij ook,' zei ze.

Ik kneep hem in zijn bovenbeen, hij vertrok zijn nog haarloze wenkbrauwen en zijn mond en huilde. Het leek goed met hem te gaan. Ook geen blauwe plekken, niet eens rode.

'Dan wordt hij een harde,' zei ik tegen Gretel.

We bleven hem de dagen daarop in de gaten houden. Ik haalde stiekem het opgerolde meetlint uit de naaimand van tante Irma en mat de hoogte van de verschoontafel: zeventig centimeter. Ik draaide een peertje uit een van de lampen in de eetzaal en liet het over de rand van de tafel rollen. Het barstte. Ik herhaalde het experiment met een koffiekopje. Het brak. Ik probeerde het met een aardewerken pot, die bleef heel. Onze broer was hetzelfde als voor zijn val, trappelend, lachend, kijkend, pruttelend, snuivend, smakkend, maar 's nachts, voor ik insliep moest ik steeds weer aan het geluid denken toen hij op de grond was gevallen. Het was een volwassen geluid. Ik dacht: zo'n geluid maakt een volwassene als hij op de grond valt of wordt neergegooid, bij een zuigeling klinkt het zachter, net als wanneer je de radio zachter zet. Die gedachte maakte me lange tijd onrustig. Ik vergat het, het kwam weer terug, ik vergat het, het kwam weer terug en zette zich als een waarschuwing vast in mijn hoofd: dat de gevolgen pas duidelijk zouden worden als onze broer volwassen was. Gelukkig was het ongeluk niet op mijn verjaardag gebeurd, ja, dat dacht ik, dan was het mijn schuld geweest, alleen mijn schuld, en dan was alles misschien wel slecht afgelopen, dacht ik. Ik vond verjaardagen maar niks. Op mijn zesde verjaardag slaakte Gretel opeens een vreselijke kreet en greep naar haar hoofd en viel op de grond. De aanval duurde een kwartier, ze rolde en schreeuwde en draaide met haar ogen. En toen was het even plotseling weer voorbij en sliep ze een halve dag en een nacht. Niemand wist wat het was geweest. Ik dacht dat het mijn verjaardag was. Op mijn tiende verjaardag verhing een bosarbeider zich in de buurt van het herstellingsoord voor oorlogsslachtoffers. Hij had eerst een hele fles schnaps gedronken en een heel buisje pillen geslikt. Gelukkig was het niet mijn verjaardag toen Richard van de commode viel.

Een tijdje na Richards dood schoot die middag op de Tschengla me weer te binnen. Ik belde Gretel op, deed alsof ik gewoon weer even wilde bellen, praatte over ditjes en datjes, luisterde naar wat ze te vertellen had en vroeg ten slotte of ze zich nog herinnerde dat we de kleine Richard hadden verschoond en dat we hem op de grond hadden laten vallen. Ze herinnerde het zich niet. Een halve dag maakte ik mezelf wijs dat ik het maar had gedroomd. Toen we op de begraafplaats met zijn allen om zijn graf stonden, voelde ik wroeging zonder dat ik wist waarom. Maar er was helemaal niets gebeurd indertijd. En een harde is Richard niet geworden.

'Vind je dat hij een harde was?' vraag ik Michael.

'Rare vraag,' zegt hij.

Richard was vijf toen onze moeder overleed, tante Irma nam hem in huis. Zij, de tengere, voorname, elegante vrouw, was inmiddels getrouwd met een kolos van een kerel, een meter negentig lang, een blinde met een stem als de bazuinen van Jericho. Tante Irma verwende Richard, haar man was jaloers, onze broer leefde met de donder van zijn klachten. Maar hij had het goed. Hij is nooit geslagen. Er werd nooit op hem gescholden, hoogstens over hem, maar dat ging bij tante Irma het ene oor in en het andere oor uit. Ze kocht op een klaarlichte, doordeweekse dag een heel pak kleurpotloden voor hem, van die dure, dikke, ze prees zijn tekeningen en deed alsof hij van een andere planeet kwam. Ze stelde haar man Richard ten voorbeeld. Zelf was hij groot en potig, maar hij had geen noemenswaardige talenten. Behalve masseren, dat kon hij goed. Als meisjes dachten we met verlangen en jaloezie aan onze broer. We dachten dat we hem kwijt waren.

We hadden er nu nog een zusje bij, Renate. Zij kan zich onze moeder niet herinneren, mama overleed een jaar na haar geboorte. Renate woont in Berlijn, 's zomers komt ze af en toe bij ons op bezoek, Gretel is er dan ook en dan zitten we met zijn drieën op ons terras. Renate zegt dat ze het als kind heel normaal vond om niet bij een volwassene te horen, maar alleen bij ons, bij Gretel en mij, terwijl wij ook nog kinderen waren. Renate zegt dat ze het heel normaal vond om anders te zijn dan alle anderen. Ze citeert *The Good, the Bad and the Ugly*: 'Er zijn twee categorieën mensen, die met familie en die zonder.' Volgens haar hadden Gretel en ik haar van begin af aan het idee gegeven dat er voor ons drieën nergens vastigheid was, alleen ons drieën en onze zes voeten op de grond, dat we er elk moment rekening mee moesten houden dat we onze koffertjes moesten pakken. Michael zegt dat Renate graag overdrijft. 'Nee,' zeg ik, 'volgens mij overdrijft ze niet.'

Onze vader was gebroken. Hij gaf zijn baan als beheerder op en daarmee ook ons huis. Hij wilde niet bij ons zijn, ook niet bij Leeuwenhart. Hij wilde een krap kamertje, even krap als het kamertje waar hij voor de oorlog met zijn moeder in had gewoond, hij wilde boeken lezen die niet over mensen gingen, scheikundeboeken, natuurkundeboeken, aardrijkskundeboeken, historische werken, hij wilde dat een kloosterzuster hem zijn soep kwam brengen, verder wilde hij niks. Hij kon niet voor ons zorgen. Er moest voor hem gezorgd worden.

Wij meisjes bleven met zijn drieën bij elkaar. Dat hielden we onszelf ook steeds weer voor, Gretel en ik, Renate was nog te klein.

Gretel zei: 'Wij moeten bij elkaar blijven met zijn drieën.'

Ik zei: 'Wij blijven bij elkaar.'

En Gretel, omdat ze dat ergens had gelezen, niet omdat ze begreep wat het betekende: 'Als pek en zwavel.'

En de kleine Renate zei het haar na: 'Pekkenswafel.'

Wij waren bij onze andere tante ondergebracht, bij tante Kathe, in haar woninkje in Bregenz, Vorkloster heette de wijk, in de huurkazerne voor Zuid-Tirolers, drie kamers, tante Kathe, haar man Theo, twee zoons en een dochter en wij drieën. Soms kwam oom Sepp op bezoek en soms oom Walter en oom Lorenz ook nog. Gretel, Renate en ik sliepen in de woonkamer op de bank en op twee matrassen op de grond.

'Wij moeten bij elkaar blijven met zijn drieën,' zei Gretel voor het slapengaan, dat was een soort van welterusten zeggen.

Renate zei: 'Pekkenswafel!'

Op een dag flapte ik het eruit bij het avondeten, toen iedereen rond de keukentafel zat, ook nog in een tweede rij, en er zoveel gerookt werd dat ik de ene oom amper van de andere kon onderscheiden, ik had mijn tong er meteen af willen bijten: 'Leeft onze broer Richard eigenlijk nog?'

Toen zei tante Kathe, nadat ze diep adem had gehaald: 'Goed dan. Maandag gaan jullie bij hem op bezoek. Basta.'

3

Tante Kathe wilde er niet bij zijn als we bij haar zus op bezoek gingen. Waarom niet? Ik vroeg het haar, ze zei: 'Daarom niet.'

Tante Irma en haar man hadden een telefoonaansluiting. Waarschijnlijk omdat hij blind was en een voorkeursbehandeling had gekregen van de posterijen. Dat was niet gebruikelijk. Ik denk eerder dat het was omdat hij het kantoor binnengestormd was en net zo hard had staan brullen als bij het 'Grote God, wij loven U' in de kerk en de ambtenaren geen andere oplossing hadden gezien dan te gehoorzamen. Tante Kathe stuurde haar dochter naar het postkantoor om te bellen en ons aan te kondigen. Dat de drie meisjes hun broer wilden zien.

Tante Irma woonde in Feldkirch, dat was veertig kilometer naar het zuiden en een eindje buiten de stad, we zouden het huis niet zomaar vinden. Dus besloot tante Kathe met ons 'te oefenen'.

Dat wilde zeggen, de dag voor ons bezoek trokken we onze nette kleren aan en gingen we met haar in de trein naar

Feldkirch. De route vanaf het station was te lang voor één kind om te onthouden, zei ze, dus zou ze de route in tweeën doen, Renate was nog te klein. Het eerste stuk was het moeilijkst, dat moest ik onthouden, van het station tot aan de Marktstraße.

'Onthoud wat ik zeg en zeg me na!' commandeerde ze toen we uit de trein waren gestapt. 'Langs de kerkhofmuur, rechtdoor tot aan de Hauptstraße, daar eerst rechtsaf, dan links, langs de dom en rechtdoor door de steeg naar de Marktstraße, die herkennen jullie, want daar is links de Johanniskerk en rechts pension Lingg.'

Gretel was beledigd omdat tante Kathe mij het ingewikkelde deel had gegeven en niet haar, terwijl zij de oudste en volgens iedereen de verstandigste was.

Tante Kathe had ook haar nette kleren aangetrokken, een donkerblauw mantelpak, een witte bloes met ruches en een gouden broche op de borst, 'kattengoud' noemde ze dat. Ze had groter geleken dan anders. Pas toen we de trein in stapten, zag ik haar schoenen. Het waren geen pumps, maar wel hakschoenen, glanzend zwarte. Onderweg in de trein vroeg ik of ik ze even aan mocht. 'Ze staan u heel goed,' zei ik en ik deed me ouder voor dan ik was. 'U ziet er knap uit zo, echt.' Daar werd ze verlegen van. De schoenen waren niet zomaar haar nette kleren. Haar nette kleren deed ze elke zondag aan, maar deze schoenen niet, die zag ik nu voor het eerst. Ze stonden niet in de schoenenkast in de gang. We gingen bij onze broer op bezoek die beter terechtgekomen was dan wij, daarom was het kennelijk niet genoeg om alleen je nette kleren aan te trekken, ook al was dit nog maar de oefening voor ons bezoek.

En dat ze vermeed het huis van haar zus binnen te gaan: waarschijnlijk omdat ze niet wilde zien wat ze ons drieën niet kon geven.

Nee, ze wilde zich een keer optutten en naar een andere stad gaan waar ze niemand kende en kon rondlopen en eens mocht denken dat ze knap was. Volgens mij was dat het. Ze liet mij het ingewikkelde deel van de route onthouden omdat ik haar had gecomplimenteerd met haar schoenen.

Het was een zonnige dag, Feldkirch rook anders dan Bregenz. Veel meer naar wereld. Het leek of de mensen die we tegenkwamen allemaal hun nette kleren aanhadden. Niet alsof het in deze stad zondag was, maar alsof nette kleren normaal waren. Richard leefde op stand, overduidelijk. Wij niet. De moed zakte me in de schoenen, ik dacht dat we hem kwijt waren, dat hij ons vergeten was, dat hij niets meer met ons te maken wilde hebben. Als ik hem was, zou ik niks meer met ons te maken willen hebben. Ik zou me voor ons generen. Toen we in Bregenz in de trein waren gestapt had ik nog gedacht dat ik me hem herinnerde. Nu had ik geen beeld meer van hem. Alleen beschrijvingen, woorden. Blonde krullen – maar bij welk gezicht? Het leek of ik wat ik me van hem herinnerde zelf had verzonnen. Net als al die verhalen die ik bij mijn poppen had verzonnen: 'En dan was die dat en die was dan dat.' Altijd: 'en dan was'. Nooit: 'en dan is'. Ik was dertien, ik speelde niet meer met poppen. Onze broer hoorde niet meer bij ons. Net zoals onze moeder niet meer bij ons hoorde. Omdat ze dood was. Zoals onze vader niet meer bij ons hoorde omdat hij zich in een kloostercel verstopte en zich daar soep liet serveren tussen zijn boeken. Dat moesten we eindelijk inzien, Gretel, Renate en ik!

In de Marktstraße liepen we langs de Meinl, er kwam ons koffielucht tegemoet, sterker, kruidiger dan 's ochtends in de keuken van tante Kathe, door de etalageruit zag ik allerlei lekkers op de toonbank liggen, Nussgipfel, Topfentascherl en soorten gebak waar ik de namen niet eens van kende. Een kledingwinkel met levensgrote poppen voor het raam, de gezichten alsof ze zich verveelden, alsof zelfs verveling voornaam was. Groentekramen op het marktplein, de koopwaar op kleur gesorteerd. En opeens had tante Kathe een stralend humeur, ze liep voorop, net zo ver voor ons dat je kon denken dat we niet bij haar hoorden. Ik heb haar manier van lopen altijd bewonderd, haar houding, ze is ver in de negentig geworden en altijd kranig, fier en veerkrachtig gebleven. Nu liep ze met geheven hoofd, draaide met haar heupen, zwaaide met haar armen en lachte de blauwe hemel toe.

Plotseling bleef ze staan. 'Ik zal jullie iets laten zien,' zei ze. We moesten ons omdraaien en blijven staan waar we stonden.

'En o wee als een van jullie zich omdraait!'

We deden wat ze had gezegd, Renate kneep ook nog haar ogen dicht.

Ik fluisterde: 'Moet je opletten, Gretel, nu gaat ze ervandoor en laat ze ons hier staan. Omdat ze ons er niet meer bij kunnen hebben.'

Gretel begon meteen te huilen. Ze begroef haar gezicht in haar handen en boog voorover en omdat Renate naast haar stond, deed die hetzelfde, maar die gluurde ook tussen haar vingers door naar mij.

Maar toen hoorden we tante Kathe ook al achter ons: 'Omdraaien en ogen open!'

Ze had voor ons alle drie een banaan gekocht en voor zichzelf ook een. Ze liet ons zien hoe we hem moesten pellen, hoe je hem vasthield en hoe je hem at, en ze gaf toe dat het voor haar ook de eerste keer was. We waren alle vier van mening dat we nooit iets heerlijkers hadden gegeten. Zoiets was alleen in deze stad te koop, in de stad waar onze broer woonde, en dat verbaasde me niks, waar moest anders zoiets lekkers te koop zijn. Ik kan me de smaak van mijn eerste banaan tot op de dag van vandaag herinneren, als ik een hap van een zachte banaan neem en bij het kauwen een beetje smak. Gretel stootte met haar elleboog in mijn zij. Dat betekende, vertaald in volwassenentaal: je moet niet altijd zo negatief denken! Kijk nou, tante Kathe heeft ons niet in een onbekende stad achtergelaten, ze heeft ons kennis laten maken met de banaan! Ik vertaal het in volwassenentaal omdat Gretel me er bij herhaling op heeft gewezen, en me er nog steeds weleens op wijst, dat ik te pessimistisch ben.

Als ik haar nu zeg: 'Herinner jij je onze eerste banaan nog?' dan antwoordt ze: 'Dat was toen we oefenden voor ons bezoek aan Richard.'

Gretel moest zich het tweede deel van onze pelgrimstocht inprenten – van de Marktstraβe naar de brug over de rivier, langs het gerechtsgebouw en de gevangenis, bergop door de lange straat in de richting van Liechtenstein tot aan het roodbruinige pand van de P.A. en meteen daarna rechtsaf het smalle straatje in. In het laatste huis links woonde tante Irma met haar kolos. En Richard.

Dat huis mocht Renate onthouden. Het was een mooi huis, de daklijst versierd met stenen rozen, een moestuin en twee appelbomen. Tegen de gevel een bankje in de zon. Ernaast een step met een bagagedrager en rubberen banden, zo'n dure.

Richard mocht graag beweren dat hij geen hoogvlieger was. Hij bedoelde ermee wat die uitdrukking betekent: dat het hem meer tijd kostte om iets nieuws te begrijpen. Maar wat wil dat zeggen? Had hij nog geleefd, dan had ik het hem kunnen vragen. Maar van zijn antwoorden zou ik geen steek wijzer zijn geworden. Michael, die hem, zoals hij zelf zegt, 'vanuit de onwerkelijkheid kende' – dat moet hij me nog eens precies uitleggen, daar moet ik nog eens rustig over nadenken –, interpreteert het zo: Richard had zich een ander leven dan hetgeen hij leidde niet kunnen voorstellen. Hij zou alle andere mensen altijd hebben vergeleken met de figuren in de verhalen die hij zichzelf in zijn hoofd vertelde. Maar die figuren waren allemaal hijzelf. Hij kon zich niet voorstellen dat een mens anders was dan hijzelf. Dus kon iedereen hem altijd verrassen. Als het hem lukte andere mensen te ontwijken, ontweek hij ze – zoals je vreemden ontwijkt. Als dat niet lukte, verstomde hij, raakte hij in verwarring en had hij een tijdje nodig tot hij in zijn hoofd een figuur had weten te maken van de ander. Dan hoorde die ander bij hem, dat wil zeggen: *hij behoorde hem toe*. Michael zegt: 'Hij werd een figuur in de verhalen die hij de hele tijd verzon.' Zo iemand is alleen.

4

De volgende dag reden we dus opnieuw naar Feldkirch, nu zonder tante Kathe. Met maar één treinkaartje. Tante Kathe had gezegd dat ik wel voor een eersteklasser door kon gaan, zo dun als ik was. Ik was bang dat de conducteur me er onderweg uit zou zetten, en kwaad was ik ook.

Tante Irma stond voor het huis toen we eraan kwamen, Gretel, Renate en ik, ze verwachtte ons, ze droeg een witte schort met een kruissteek langs de zoom, die kende ik van handenarbeid, en ze zei dat het eten klaarstond. Nog voordat ze ons begroette. Ik had graag de moed gehad om te zeggen dat we eigenlijk niet voor het eten waren gekomen, maar om onze broer te zien. Maar tante Kathe had tegen me gezegd – alleen tegen mij – dat we het niet moesten wagen brutaal te zijn. Precies op dat moment keek tante Irma me aan, scherp, alsof ze alles letter voor letter van mijn voorhoofd kon aflezen. Toen het mijn beurt was om haar een hand te geven, dacht ik: het zal me benieuwen of ze nog weet hoe ik heet. Ik was onredelijk en ook vals, ik had er geen reden voor, ik was het gewoon, natuurlijk kende ze me en zei ze dat ik een mooi gezichtje had, maar zelfs dat zinde me niet, hoewel ik ijdel was. Op de Tschengla, in het herstellingsoord voor oorlogsslachtoffers, was ze ook onze tante geweest, maar bovendien medewerkster van onze vader. Dat was voordat ze getrouwd was. Mijn vader had haar ermee geholpen, ze kreeg regelmatig geld, hij overhandigde het haar persoonlijk, in een envelop, en ze had ook een ziektekostenverzekering. Ik moet toegeven, ik dacht in die tijd dat ze een eind onder ons stond, papa was per slot van rekening haar baas. En ik was de dochter van de baas. Soms zei ze: 'Ja, baas!' Vast en zeker voor de grap. Maar ze zei het wel. Nu waren we op haar terrein. Nu was ze alleen nog tante, een voorname tante zelfs, want onze tante in Bregenz was niet voornaam. We stonden een heel eind onder haar. Wij drieën zouden nooit, nooit in een echt huis met een tuin en appelbomen wonen zoals vroeger op de Tschengla, 1220 meter boven zeeniveau. Ze had haar haar in een vlecht die om haar hoofd gewikkeld zat, aan haar slapen waren blauwgroene adertjes te zien. Ik was uitgeput omdat ik de hele weg vanaf het station het ene na het andere verhaal had verteld om Renate rustig te houden, ze raakte heel snel verveeld, en we hadden bijna drie kwartier gelopen.

Toen kwam Richard naar buiten, hij leunde tegen tante Irma aan. Eerst herkende ik hem niet, zijn haar was kortgeknipt, geen krullen meer, aan zijn slapen was hij bijna kaalgeschoren en op zijn achterhoofd ook, bovenop een blonde kuif. We hadden elkaar niet meer gezien sinds onze moeder was overleden, twee jaar geleden. Hij droeg een korte broek en een overhemd met korte mouwen, met een geruite slipover. En hij had Semperit-sportschoenen aan zijn voeten, blauwe met witte neuzen en witte veters. Spiksplinternieuw. Ik weet dat omdat ik zelf ook altijd zulke schoenen wilde. Ze waren er in het blauw en het bruin. Zeker de blauwe waren super, maar waarschijnlijk waren die ook duurder, zoals ik eigenlijk altijd het idee had dat er van alles twee versies waren, een chique versie en een voor ons. Alsof tante Irma op veertig kilometer afstand mijn gedachten en verlangens had kunnen lezen, ik dacht: die heeft ze gisteren nog voor hem gekocht, zo nieuw zien ze eruit, net terwijl wij met tante Kathe oefenden voor ons bezoek aan Richard, ze heeft ze alleen maar gekocht om mij jaloers te maken.

Richard reageerde niet op ons. Eerst keek hij schuin naar de grond, het was ook of hij stond te neuriën, heel zachtjes, zoals ik zelf deed als ik alleen was en mijn spullen opruimde, en toen keek hij ons recht in ons gezicht, maar het leek of hij ons niet zag. Had tante Irma hem niet verteld dat zijn zussen vandaag op bezoek kwamen? We waren vreemden voor hem. En hij was ook een vreemde voor ons. Geen kleurenspel meer in zijn ogen. Maar het kon ook zijn dat hij zo naar alles en iedereen keek. Alsof hij met niets en niemand te maken had. En waarom droeg hij op een doordeweekse dag een wit hemd? Met alle knopen dicht, tot de bovenste aan toe. De mannen die ik kende hadden of hun bovenste knoop open, of een stropdas om. Oom Sepp bijvoorbeeld, droeg altijd een stropdas. Hoe kon het in vredesnaam dat iemand al zijn knopen dicht had, maar geen stropdas droeg? Ik wierp Gretel een blik toe, zij dacht wat ik dacht: dat zijn die twee die we van tafel hebben laten vallen, denkt hij. Maar dat kon hij zich onmogelijk herinneren, nee, daar kon hij niet toe in staat zijn, geen mens kan zich herinneren wat er gebeurde toen hij een half jaar was. Toch las ik in zijn ogen dat hij het zich herinnerde.

Renate zei: 'Is dat de Richard van de vorige keer?'

We wisten niet wat ze bedoelde. En lachten. En waren blij dat we iemand hadden meegebracht om uit te lachen.

'We hebben het lievelingseten van onze kleine prins,' zei tante Irma, 'aardappelpuree met reepjesvlees. En worteltjes, daar maak ik altijd roomsaus bij. Dat vinden jullie ook lekker, ik kan me niet anders voorstellen.'

Dat klonk alsof wij zoiets nog nooit gegeten zouden hebben, en sowieso lang niet zo lekker. Tante Kathe had ons ingepeperd dat we alles wat er op tafel kwam lekker moesten vinden, en we moesten onze schoenen uittrekken voordat we naar binnen gingen, bij tante Irma kon je op de vloer ontbijten, zo iemand was ze. En we mochten oom Pirmin in geen geval tegenspreken. Niet omdat hij ons een mep zou verkopen, maar omdat hij dan niet meer zou ophouden uit te leggen wat hij bedoelde, zo ging dat met blinden, die konden je niet aankijken om te zien wanneer het genoeg was.

Toen we in de keuken zaten, kwam uiteindelijk ook oom Pirmin tevoorschijn. De vloer kraakte, de drempel kreunde, een vilten janker droeg hij, hij ging op zijn stoel zitten en tante Irma schepte eerst een bult eten op zijn bord.

Hij bulderde tegen zijn duisternis: 'Kom, Here Jezus, wees onze gast en zegen hetgeen U ons geschonken heeft!'

Toen tastte hij naar zijn lepel, tastte naar zijn bord, roerde zijn vlees, zijn wortels en zijn puree tot één brij, duwde zijn bord een eindje van zich af, schoof zijn stoel naar achteren, boog voorover, duwde zijn sleutelbenen tegen de tafelrand, deed zijn mond open, zodat zijn onderlip de rand van zijn bord raakte en begon zijn eten naar binnen te werken. Met veel lawaai.

Tante Irma keek een tijdje toe, trots glimlachend, en zei tegen ons: 'Dat moet hij.'

Waarop oom Pirmin: 'Omdat hij blind is.'

En tante Irma: 'Hoe moet hij anders weten waar het bord begint en waar het ophoudt.'

Richard zat op zijn plek met zijn handen op zijn bovenbenen voor zich uit te kijken. Ik verwachtte dat hij op een of andere manier commentaar zou leveren op dit voedermoment – dat woord schiet me nu te binnen, indertijd verbaasde ik me alleen maar. Als er bij tante Kathe iemand zo zou eten, dan kreeg die de wind van voren, of hij nou blind was of niet. Ik verwachtte dat Richard ons, zijn zussen, op een bepaalde manier zou aankijken, of met zijn ogen zou rollen, wat wij hadden kunnen lezen als: zo zijn zíj, ik hoor daar niet bij. Wat nog niet had betekend dat hij bij ons hoorde. Maar hij vertrok geen spier. Alsof de kleine prins in zijn eentje aan tafel zat. Later begreep ik – van hemzelf overigens – dat het oom Pirmin was geweest die zijn krullen had afgeknipt. Als je dit kind over het hoofd aaide, scheen hij gezegd te hebben, wist je niet of het een jongetje of een meisje was. Eerst was hij met de schaar over zijn hoofd gegaan, vervolgens bij de slapen omhoog en over zijn achterhoofd met een elektrisch scheerapparaat dat hij, zoals hij bulderend en voor de honderdste keer verkondigde, als blinde goedkoper had gekregen, omdat nat scheren voor blinden gevaarlijker was.

Na het eten waren er koekjes, zelfgebakken, net als met kerst, terwijl het hoogzomer was, met eigeelglazuur erop, en sommige bestrooid met gekleurde suikerhagel.

'Nu hebben jullie je broer gezien,' zei tante Irma. 'En, zijn jullie tevreden?'

We knikten. Daarop verdween Richard uit de keuken, eerst maakte hij een kleine buiging voor tante Irma en nog een kleinere voor oom Pirmin. En ook voor ons. Hij boog voor zijn zussen! Het deed me zo'n verdriet. Het lukte me nog net om het huilen uit te stellen.

Oom Pirmin greep in zijn broekzak en gaf Gretel en mij elk een munt van tien schilling. Zonder een woord te zeggen. Hij tastte naar ons, pakte me bij mijn schouder, liet zijn hand langs mijn bovenarm naar beneden glijden en drukte me de munt in mijn hand. We moesten niet treuzelen, zei tante Irma, anders misten we onze trein.

We haalden de trein en ik dook weer weg bij het raam, omdat we alleen dat ene kaartje hadden. Renate klom boven op me en draaide mijn haar om haar hand.

5

En dan hoor ik iets nieuws.

Ik lees Michael voor wat ik tot dan toe heb geschreven en vraag hem wat hij ervan vindt. Hij heeft Richard als volwassene gekend, 'vanuit de onwerkelijkheid' nog wel. Wat dat ook moge betekenen. Dat moet hij me sowieso nog eens uitleggen.

Hij luistert naar me, maar niet tot aan het einde van mijn tekst, hij onderbreekt me. 'Wacht even!' zegt hij. 'Wist je dat hij was weggelopen?'

'Meer dan eens,' lach ik bitter, alsof ik het ouderlijk gezag over hem had gehad. 'Hij spijbelde voortdurend en dan kwam hij pas twee dagen later thuis, of zo…'

'Ik bedoel toen. Kort nadat jullie bij hem op bezoek waren geweest. Diezelfde zomervakantie. Toen hij nog maar zeven of acht was.'

'Hoe weet je dat?'

'Dat heeft hij me verteld.'

Zo hoor je nog eens iets nieuws.

Richard en Michael zagen elkaar een tijdlang elke avond
– toen Kitti Putzi van hem had afgepakt en ik nog met mijn
eerste man samenwoonde –, in die tijd waren ze een keer
samen naar Feldkirch gereden, vertelt Michael. Tante Irma
en oom Pirmin leefden nog. Richard had geen rijbewijs,
maar Michael liet hem toch sturen. Hij had een oude, gele
Toyota Corolla, er was niet meer veel heel aan, de motor
wilde bijvoorbeeld niet aangaan, je moest hem aanduwen,
erin springen en dan starten. Of hem op een helling parkeren. Er was ook iets met de versnelling, ik kan niet vertellen
wat, ik heb er geen verstand van. Richard had dat ook niet.
Maar voor de snelweg was het genoeg. Hij wilde hem laten
zien waar hij vroeger had gewoond, had Richard gezegd.
Maar toen ze voor het huis van tante Irma stonden, bedacht
hij zich, het was nog niet laat in de middag. Hij wilde de
oude vrouw en de oude man niet aan het schrikken maken,
zei hij. Michael vertelt dat Richard zich opeens heel merkwaardig gedroeg, chagrijnig, ontevreden, afwijzend, alsof
hij, Michael, degene was geweest die had voorgesteld om
naar de twee ouwetjes in Feldkirch te rijden. Dus waren ze
omgekeerd. En toen had Richard zich weer bedacht, hij
stopte langs de kant van de weg, stapte uit en zei dat hij hem
iets wilde laten zien. Hij nam hem mee een glooiende berg
op die in westelijke richting oprees, ze liepen door de tuinen
van de huizen, er stonden een paar oude villa's, sommige
onbewoond, jugendstil, met rode beuken en cipressen in de
tuin en blauweregen langs de gevels. Boven de huizen en
hun tuinen stonden fruitbomen, appels en mostperen. Op
de kam van de berg strekte zich op een hoogvlakte een kom
uit, daar graasden koeien. Daar had hij geoefend met boe-

merang gooien, vertelde Richard. En toen waren ze nog een stuk door het bos gelopen, tot waar de berg langs een loodrechte rots van meer dan honderd meter in het dal aan de andere kant overging. Richard had Michael meegenomen tot aan de rand. Hij zocht naar een bepaalde plek, zei hij, hij was hier al heel lang niet meer geweest. De plek was gemarkeerd. In een boom stonden zijn initialen gekerfd: R.H. Aan de randen waren de letters opgezwollen, als een lelijke wond. Hij moest hem volgen, zei Richard, maar heel voorzichtig zijn. Eén verkeerde stap en hij stortte naar beneden. Ze hielden zich vast aan struiken en lage takken, ze moesten bukkend onder een uitstekende rotspunt door en toen waren ze in het 'nest'.

Het nest was een hol in de rots. Een natuurlijke groef die wel met een enorme bijl dwars in de berg geslagen leek. In de lengte vier meter, zo'n drie meter diep, aan de rand van de afgrond drie meter hoog. Binnen in het hol liep de zoldering af tot ze achterin de grond raakte. De zoldering stak ruim een meter uit over de bodem. Zo was het hol beschermd tegen regen en sneeuw en droog. Er lagen maar een paar stenen op de grond, verder was het vlak.

Hij had het hol schoongeveegd, zei Richard. Wanneer? Zestien jaar geleden? Ja, zestien jaar geleden. Kennelijk was er sindsdien niemand meer geweest. Er wisten maar weinig mensen van het bestaan van het hol, zei hij, misschien maar twee, nu drie. Misschien ondertussen alleen zij tweeën nog, want wie weet of die ander niet al dood was. Een vriend van toen, die eigenlijk geen vriend was geweest, maar een jongen die met hem, Richard, bevriend wilde zijn. Hij had zo dringend met hem bevriend willen zijn dat hij er zijn grootste geheim voor had prijsgegeven, namelijk dit hol. Maar de vriend was niet vrij van hoogtevrees geweest en had meestal boven gewacht. En toen was hij met zijn ouders geëmigreerd. Naar Canada. Dat was ver weg.

Hij was vaak in het hol geweest, alleen, zonder de vriend, hele middagen lang had hij er gezeten en had hij naar de huizen beneden en de rivier en in de verte naar de Zwitserse bergen gekeken. En op een dag had hij de legerdeken uit de kelder gehaald en er een kussen in gerold, hij had zijn rugzak volgestopt met alle chocola en alle koekjes die zijn tante in haar buffetkast in de woonkamer voor hem bewaarde en hij had een grote fles water meegenomen en was hiernaartoe gegaan. In de zomervakantie waarin Gretel, Renate en ik bij hem op bezoek waren geweest dus. Ja, Richard had hem, Michael, verteld dat het was geweest nadat zijn zussen bij hem op bezoek waren geweest. Over het bezoek had hij het niet gehad. Boven in de vallei stonden korven met hooi. Nadat hij het kussen en de rugzak in het nest had gelegd, ging hij op pad met de deken en deed daar zoveel hooi in als hij maar tussen de vier punten kon houden. Dat deed hij drie of vier keer. Niemand had hem bezig gezien. Er was niemand. Hij spreidde het hooi uit in het hol en bleef daar. Vijf dagen bleef hij er. Dag en nacht. Soms sloop hij naar het plateau om bij de kraan op de koeweide te drinken en zijn fles te vullen. Of hij ging door velden en tuinen en langs sluipwegen naar de stad, en stal bij de slager een worst, of bij de bakker een vlechtbrood. Veel had hij niet nodig. De eerste dag had hij gedacht dat hij diezelfde avond nog thuis zou zijn, dat hij zijn spullen in het hol zou laten en dat het voortaan zijn nest zou zijn, waar hij elke dag naartoe zou komen om er weg te kruipen. Maar hij was niet naar huis gegaan, hij was moe geworden, was gaan liggen en was in slaap gevallen. Toen hij wakker was geworden, was het donker. Hij had beneden in het meer een paar lichtpuntjes gezien. En lichtpuntjes aan de hemel. Toen had hij gedacht: goed, dan ga ik morgenvroeg naar huis. Dat tante Irma zich zorgen zou maken, interesseerde hem niet. Hij had nooit het gevoel gehad dat hij daar thuishoorde. Michael zegt dat hij hem had moeten vragen waar hij dan thuis meende te horen. Maar die vraag was hem niet ingevallen. De volgende dag sliep hij uit, en nadat hij een halve reep chocola en een paar koekjes had gegeten, had hij zich zo goed gevoeld, dat hij geen zin had om naar huis te gaan. Hij was blijven zitten en had alles prima gevonden zoals het was. Het was ook vakantie. Eerst vond hij het zonde dat hij er niet eens aan had gedacht om een boek mee te nemen. Hij had al zijn boeken al gelezen, *De zwarte bliksem* al drie keer, een verhaal over een zwarte panter, hij had het graag nog een vierde keer gelezen. Hij stelde het naar huis gaan van uur tot uur uit. En toen werd het weer avond en nacht en slapen. De derde dag dacht hij helemaal niet meer aan tante Irma en oom Pirmin en zijn kamer en zijn bed en aan zijn step met de bagagedrager en de rubberen banden. Hij deed niets, hij zat gewoon. Als hij vanaf de rots naar beneden keek en de kleine mensjes in het dal zag, de bus, een trekker op het land, de koeien en de paarden, wilde hij zich niet meer voorstellen dat hij bij die wereld hoorde. Hij had zijn best moeten doen, vertelde hij aan Michael, zijn best, om zich te herinneren dat hij er ooit bij had gehoord. Dat bedoelde hij met 'geen hoogvlieger'. Hij was geen hoogvlieger, zei Richard, de beproeving in zijn leven was dat hij geen hoogvlieger was. Hij was zo nu en dan uit het hol geklommen en had door het bos rond de rotshelling gezworven. Hij had vuile handen gehad. En ook een vuil gezicht, omdat hij steeds aan zijn gezicht had gezeten. Hij had namelijk steeds gedacht dat het kon zijn dat hij er niet meer was, en had dat willen controleren.

Op de vijfde dag had hij weer aan zijn kamer gedacht, aan de step, tante Irma en de oom die nu eens jammerde en dan weer bulderde, altijd luid snoof, altijd overal tegenaan stootte, vreselijk veel at, die klaagde dat tante Irma met meer liefde naar de jongen keek dan naar hem, haar man, en beweerde dat hij dat kon voelen, beter nog dan iemand die kon zien het zag, en toen ging hij op pad. De deken en het kussen klopte hij uit en nam hij mee, de voorraden waren opgebruikt. De chocolapapiertjes had hij over de rotskant geschopt, hij had toegekeken hoe ze naar beneden dwarrelden. Hij veegde het hooi bij elkaar en gooide toen ook dat naar beneden.

Thuis ging hij op de bank naast de deur zitten wachten. Toen tante Irma terugkwam van boodschappen doen en hem zag en schreeuwde en voor hem op haar knieën ging en huilde en hem omhelsde, had hij alleen gezegd: 'Ik ben er weer, ik zal het nooit meer doen.'

'Heeft Richard je dat verteld?' vraag ik.

'Ja,' zegt Michael.

'En geloofde je het?'

'Ja,' zegt Michael. 'Waarom had ik hem niet moeten geloven?'

Ik slaak een diepe zucht. 'Omdat Richard,' schreeuw ik bijna, 'een... een... een... zwetsmeier was. Mensenkinderen!' – Een 'zwetsmeier', zo noemen ze bij ons iemand die dwangmatig verhalen verzint en doet alsof ze waar zijn. 'Omdat hij voortdurend dit soort verhalen vertelde, precies dit soort, ik kan je er zo nog tien vertellen! Hoe hij een keer 's nachts over een muur geklommen was, bijvoorbeeld, en in zijn slaapzak onder een struik was gaan liggen en de volgende ochtend een tijger voor zich had gezien, omdat hij in een dierenpark was beland. Hij was een Münchhausen, zij het eentje die zijn eigen verhalen geloofde.'

'Ik geloofde hem ook, en ik geloof nog steeds dat het waar is wat hij vertelde,' zegt Michael, en hij zegt dat ik mijn broer niet moet afkraken. Dat komt aan.

'Hij had in zijn slaap van die rots kunnen vallen,' zeg ik.

'Is niet gebeurd.'

'Maar het had gekund!'

'Hij was,' zegt Michael, 'niet erg dol op het leven.'

6

Ik bel Gretel en vraag het aan haar. En dan blijkt: ze kent het verhaal. Van wie? Van Richard? Nee, van tante Irma. Gretel en zij waren meer dan tante en nicht, ze waren bevriend. Tante Irma had iemand nodig, zegt ze, bij wie ze alles kwijt kon, en diegene was zij geweest, Gretel, en ze had het met plezier gedaan. Pirmin, de kolos, had haar leven al snel ondraaglijk gemaakt, hij had een tweede vrouw genomen en in de tuin een huis voor haar laten bouwen, de appelbomen waren gerooid. – Dat weet ik toch! – Vanaf die periode was tante Irma sentimenteel geraakt, ze had een vervolgverhaal gemaakt van het verdriet in haar leven. Een van de afleveringen ging over Richard.

Het is dus waar.

Waarom had ze mij dat nooit verteld?

'Waar was dat voor nodig,' zegt Gretel. 'Het is toch allemaal goed afgelopen. En je zou er een verhaal van hebben gemaakt.'

Ik wil zeggen: maar we zijn toch zussen? Maar ik zeg niets. Omdat ik anders moet zeggen: ja, ik maak er een verhaal van. Alsof het iets vernederends is om schrijfster te zijn.

Tante Irma was haast buiten zinnen geweest. Ze had het niet aan haar zus Kathe in Bregenz durven vertellen. Wat zou die hebben gedaan? Ze had onze vader ingelicht, ze had niet anders gekund. Hij verstopte zich in een klooster. En waarvoor hij zich verstopte? Voor het leed van de wereld. Sinds zijn vrouw overleden was. Wat gebeurt er met een man die hoort dat zijn zoon verdwenen is, zijn Richard Leeuwenhart? Die breekt toch! Die gaat toch te gronde! Zoiets verwoest hem toch! En wiens schuld is het dan? Die van haar, Irma. Omdat ze te weinig aandacht heeft gehad voor zijn oogappel. Oom Pirmin had getierd dat ze niet zo idioot moest doen. Richard was nu eenmaal een jongen en jongens waren avonturiers, misschien was hij naar Amerika vertrokken, zulke dingen gebeurden regelmatig, zulke mannen hadden een heel continent opgebouwd, hij Pirmin, was trots op hem, hij had hem dus toch wat kunnen bijbrengen.

'Hij is nog maar zeven!' schreeuwde Irma tegen hem.

'Wat, nog maar zeven,' had Pirmin gezegd. Hij wist echt niet hoe oud Richard was, hij dacht dat hij al dertien of veertien was. Als je – zoals hij – blind was en zo'n jongen over zijn hoofd aaide, dan kon je dat nu eenmaal niet weten, en het was hem nooit met zoveel woorden gezegd. Hij was altijd als laatste aan de beurt, altijd!

'Het gaat niet om jou!'

Maar het ruziën hielp niets, en de tweede dag belde tante Irma de politie. Er kwam een geüniformeerd agent langs om proces-verbaal op te maken en te vragen of er een recente foto van de jongen was. Die was er, Richard met een vishengel in zijn hand, staand naast de bank voor het huis. Mocht hij die foto meenemen? Twee dagen later stond er een kennisgeving in de *Vorarlberger Nachrichten*. Een melding van vermissing. Met de foto van Richard. Het stortte tante Irma in nog grotere wanhoop. Wat als haar zus in Bregenz de kennisgeving toevallig zag? Dan was zij, Irma, niet alleen een onverantwoordelijke persoon, maar vals bovendien – het wel aan de krant vertellen, maar niet aan haar broers en zussen. En wat als onze vader de krant las? Onvoorstelbaar. Ze belde opnieuw de politie. Niks. Elk uur belde ze. Nog steeds niks. Toen kreeg ze een agent aan de lijn die zei dat ze rekening moest houden met het ergste. Tante Irma had werkelijk, vertelde Gretel, en ze lachte erbij zoals ze lacht wanneer het in onze gesprekken over rampen gaat, ze had werkelijk overwogen om zich van het leven te beroven. Vele jaren later had tante Irma gezegd dat dat achteraf beschouwd zelfs een goede oplossing was geweest, ze had er zichzelf heel wat mee bespaard, dat tweede huis daar in de tuin bijvoorbeeld.

Tante Kathe had geen krantenabonnement. Oom Theo las geen krant, hij luisterde ieder hele uur naar het wereldnieuws op de radio. Dat moest genoeg zijn. Onze vader wilde in zijn kloostercel niks van de wereld weten, de zusters die zich om hem bekommerden sowieso niet, dus ook daar geen krant. Dat onze broer vermist was, ging aan ons voorbij.

Ik wil het precies weten. Ik rij naar Bregenz, wandel van het station bergopwaarts naar de provinciale bibliotheek en laat me uitleggen hoe ik op de computer oude kranten kan raadplegen. Vroeger kon je ze op microfilm lezen, dat was een hoop gedoe, inmiddels zijn ze gedigitaliseerd. Ik kan de periode goed afbakenen. Er komen maar twee maanden van één jaar in aanmerking. Binnen twee uur heb ik de melding gevonden.

Ik zie de foto. Onze broer. Hij draagt een wit overhemd, tot aan de boord dichtgeknoopt, en een geruite slip-over. Alsof de foto is genomen op de dag dat we bij hem op bezoek kwamen. Hij kijkt me glimlachend aan. Een genereuze glimlach. Naar wie glimlacht hij? Niet naar mij.

Onder de foto staat:

Richard H., acht jaar, wordt sinds drie dagen vermist. Hij heeft blond haar en is een dromer. Hij zegt niet veel. Aanwijzingen s.v.p. aan uw lokale gendarmeriepost of de politie.

III

Vanuit de onwerkelijkheid

I

Kitti had het kind van hem afgepakt. Het brak Richards hart. Ik doe alsof ik het hart van mijn broer heb: het had mijn hart gebroken. Ik zou voor hem een andere uitdrukking moeten kiezen. Maar misschien vermerkwaardig ik hem. Ik heb Richard nooit ergens onder zien lijden. Ik had altijd de indruk dat er een stolp van gepantserd glas over zijn hart zat. Het kan zijn dat er tot dan toe geen rampen waren voorgevallen in zijn leven – geen vrees voor ziekte, geen liefdesverdriet, geen angst om als kunstenaar tekort te schieten, geen angst om zijn baan te verliezen of voor schut te staan. Het alleen-zijn bracht hem niet van zijn stuk. Liefde en angst horen bij elkaar. Het ene bevordert het andere, het ene bederft het andere. – Een bewering die niets bewijst en alleen maar mooi klinkt. Alsof een afgeronde formulering al een bewijs is. Mijn broer, die net als ik de leeshonger van onze vader deelde, kwam regelmatig met dat soort uitspraken op de proppen, zonder samenhang, als er een stilte viel propte hij ze er zo tussen, en als ik bezwaar maakte, wees hij me terecht, haalde zwijgend een boek uit mijn kast, bladerde er gericht in en hield me het citaat voor. Ik had twee boekenkasten, in de ene stonden mijn lievelingsboeken, in de andere de rest. De rest stond op alfabet, mijn lievelingen niet. *De glazen stolp* van Sylvia Plath, *Winesburg, Ohio* van Sherwood Anderson, *De vreemdeling* van Albert Camus, de verhalen van Franz Kafka, *Bahnwärter Thiel* van Gerhart Hauptmann. Dat waren de inwoners van mijn republiek. Ik weet niet of ik mijn lievelingsboeken van hem heb overgenomen, hij die van mij, of wij die van elkaar, want we hadden dezelfde boeken. De meeste ook in dezelfde uitgave. Veel uit de Reclam-reeks, omdat die zo handig waren, ze pasten in je broekzak, een garantie dat je je nooit zou vervelen. Ik heb er per ongeluk eens een meegewassen die in de zak van mijn spijkerbroek was blijven zitten. Waar staat geschreven dat liefde en angst bij elkaar horen? In welk van mijn lievelingsboeken? Ik weet het niet meer. Ik weet alleen dat we aan de keukentafel zaten, Richard, mijn zoon Oliver, mijn dochter Undine en ik, het was stil omdat de kinderen zo tegen hun oom opkeken, hij kon zwijgen namelijk, beter zwijgen dan iedereen die ze kenden, en toen zei hij dat: 'Liefde en angst horen bij elkaar.' Ik zei, en dat was geen citaat, dat was van mezelf, als aanvulling: 'De ene wakkert de andere aan, de andere bederft de ene.'

Hij zei: 'Het is saai zonder Putzi.'

Bij die naam blafte Sjamasj. Om te testen of het toeval was, zei ik: 'Je mist haar vreselijk... Putzi.'

En weer blafte de hond.

Undine vroeg: 'Waar is Putzi?'

Sjamasj blafte.

Oliver zei: 'Blaft de hond als je...' hij wachtte even, '... Putzi zegt?'

Sjamasj blafte.

Undine, die nog net op de lagere school zat, lachte en riep: 'Putzi, Putzi, Putzi!'

Ze wilde dollen. De hond sprong vanonder de tafel tevoorschijn en blafte. En nam de zoom van haar jurk tussen zijn tanden.

Sinds ze alleen waren, kwamen Richard en Sjamasj elke avond direct na zijn werk bij mij. Ook als mijn man er was. Richard ging aan de keukentafel zitten, de hond ging aan zijn voeten liggen, en daar bleven ze tot laat op de avond. We gingen avondeten. Hij hield van pompernikkel met emmentaler en zure augurk. Als ik de kinderen naar bed bracht, zette hij de televisie aan. Undine was al negen, maar wilde toch graag dat ik nog een kwartiertje bij haar kwam liggen, soms viel ik naast haar in slaap. Ik vond het best dat Richard er was. Dan was ik tenminste niet alleen met mijn man. Hij wist dat ik een verhouding had. Als we alleen waren, begon het vragen en ontwijken en werd er al snel geschreeuwd. En werden er spullen kapotgemaakt. Mijn man kneep hem voor mijn broer.

Richard wilde nooit andere films dan wildwestfilms zien, maar daar hielden wij allemaal niet van. Het allerliefst keek hij naar natuurdocumentaires. Zoveel als nu waren er toen nog niet, en het aantal zenders was niet te vergelijken met nu. Drie Duitse, een Zwitserse, twee Oostenrijkse, meer niet. Hij zat geen televisie te kijken, hij keek naar het tafelblad voor zich, hij dronk geen wijn en geen bier en rookte ook geen joint. Hij zat erbij zoals hij bij een kapper op de wachtbank had kunnen zitten, geduldig en niet geïnteresseerd. Soms deed hij een greep in mijn kast met lievelingsboeken, haalde er een boek uit, las, streepte iets aan met potlood en zette het weer terug. Hij meende altijd dat wat van mij was ook van hem was. Dat deed me goed. Hij vroeg het niet als hij iets uit de koelkast haalde, hij vroeg het niet als hij sokken van mij aantrok en hij vroeg het niet als hij zijn eigen vieze sokken in onze wasmand deed. En hij had ook niks gevraagd toen Putzi chocolademelk op haar T-shirt had gemorst en hij een wit hemdje uit de commode op de slaapkamer had gepakt, zijn eigen kinderhemdje, maar dat wist hij niet, ik bewaarde het ter herinnering aan onze moeder, het lag daar sinds ik tante Irma de commode had afgebedeld, na de dood van haar zus was hij aan haar toegewezen, hij was leeg geweest, op dit hemdje na dat over het hoofd was gezien en achterin was gegleden, een wit jongenshemdje, opgevouwen door handen die niet meer leefden.

Ik kwam uit de kinderkamer en zette de televisie uit omdat ik meende dat er toch niemand naar keek, maar hij stond op en zette hem weer aan. Mijn man was op zijn hoede, wierp me een blik toe, vragend. Als hij in Richards aanwezigheid iets tegen me zei, dan vanuit zijn mondhoek. Meestal liet hij ons na het avondeten alleen, sprak met vrienden af in Uwes Bierbar en kwam laat en licht aangeschoten van de wijn thuis als Richard en Sjamasj alweer weg waren.

'Als ik kan helpen,' zei hij. Maar ik had al niet meer het idee dat hij bij ons hoorde. Ik zat alleen maar te wachten tot hij eindelijk op reis ging.

Mijn man zou beginnen met een nieuwe baan en hij moest zich erop voorbereiden en ik had beloofd dat ik hem erbij zou helpen. Ik zette een fictief verkoopgesprek op, op zijn aanwijzingen, een wervende monoloog met aansluitende vragen en antwoorden, het leek net of ik een dialoog voor een toneelstuk schreef. Michael hielp mee. Dat wist mijn man natuurlijk niet. Hoe beter de verkoopgesprekken verliepen, hoe meer orders hij zou krijgen, hoe vaker hij op pad was en hoe meer tijd wij samen hadden. De klanten waren bedrijven in de bouwbranche. Mijn man stond bekend om zijn attentheid en om hoe gemakkelijk hij was in de omgang met de meest uiteenlopende mensen. Hij kon overweg met de manager en met de uitvoerder. Ook als hij ergens weinig verstand van had, gaf hij mensen het gevoel dat hij een vakman was. Hij kon goed luisteren. Dat wil zeggen: zijn ware talent was dat hij kon doen alsof hij luisterde. Dat doet niks af aan zijn prestatie. Integendeel zelfs. Als een manager of een uitvoerder zijn hart bij hem uitstortte – dat is een uitdrukking die die mensen tegenover mijn man gebruikten, ik zag het altijd letterlijk voor me en gruwde van die bloedbaden –, dan verwachtten ze heus niet dat hun misère werd becommentarieerd, ze wilden alleen een oplettend gezicht tegenover zich zien. Mijn man voelde met ze mee, maar luisterde niet naar ze. En ik gaf hem gelijk. Het was onredelijk om een vertegenwoordiger tot luisteren te dwingen. Het was chantage – als jij naar mij luistert, koop ik bij jou. De materie van het verkoopgesprek was heel ingewikkeld, vol bijzondere terminologie. Het ging om een bijzonder soort lijm. Een wereldprimeur. Hij leerde de monoloog uit zijn hoofd die Michael en ik hadden geperfectioneerd en leerde ook de eventuele vragen en antwoorden uit zijn hoofd.

Voordat hij vertrok, hij stond met één been in het trappenhuis, zijn koffer in zijn ene hand en zijn pak in een beschermhoes in de andere, zei hij: 'Er zijn daarbuiten vrouwen die me graag willen. Weet jij niks meer wat ons kan redden?'

Ik antwoordde niet.

'Wat heeft hij wat ik niet heb?'

Ik antwoordde niet.

De tranen liepen over zijn gezicht. 'Ik weet het wel,' zei hij, 'er schieten mij nooit originele formuleringen te binnen, zoals bij jullie. Ik zou willen dat ze me te binnen schoten. Maar ze schieten me gewoon niet te binnen. Ik denk er de hele tijd aan. Ik weet wel dat ik zo praat als de mensen op televisie. Maar dat is alleen bij dit onderwerp. Als ik verkoopgesprekken heb, is het niet zo. Alleen bij gevoelskwesties is het zo. Maar denk je niet dat het iedereen zo vergaat?'

Ik antwoordde niet.

'Ik denk dat het iedereen zo vergaat. Jij niet?'

Door opnieuw niet te antwoorden, wilde ik hem laten merken dat ik dat ook dacht.

'Zie je wel,' zei hij, 'bij dit onderwerp schieten jou ook geen elegante formuleringen te binnen.'

Hij had gelijk. De originele bewoordingen stonden verder van het onderwerp af dan de afgezaagde.

Ik wou dat hij ophield. Soms hield hij op als ik niks zei. Soms hield hij dan juist niet op. Hij zou al pratend kwaaier en kwaaier worden, zijn ingepakte koffer op de grond smijten, de sokkenla omgooien, zijn geperste pak met hoes en al op de grond smijten. Ik probeerde zijn handen in de mijne te nemen, allebei, die met de koffer en die met het pak, dat had eerder gewerkt. Deze keer niet.

'*Materiaalversmelting* heet het,' zei hij en hij probeerde te glimlachen, 'ik zal het niet meer vergeten, dank je wel.'

En beneden bij de portiekdeur: 'Ik ben heel verdrietig. Ik ben net zo verdrietig als je broer. Ik wou dat je dat zag. Het enige woord dat me te binnen schiet, is "verdrietig". Ik denk eigenlijk dat er geen ander woord is.'

2

Net zo verdrietig. Ik heb geprobeerd om het met Richard over Putzi te hebben. Wat hij moest doen. Dat was ingewikkeld. Omdat ik het niet over het kind kon hebben zonder het over de moeder te hebben. En dan gingen bij hem de luiken dicht.

Op een gegeven moment kwam hij niet meer bij me. Op een gegeven moment belde Michael me op en fluisterde hij dat hij nu bij hem was. Hij zat aan de keukentafel, Sjamasj aan zijn voeten.

'Wat doen jullie?' vroeg ik.
'Praten.'
'En hoe gaat het met hem?'
Hij verveelde zich.
'Is dat het enige?'
'Het enige wat telt.'

Michael en ik belden elke dag. We hadden het over mijn man en voelden ons er schuldig over, en soms ook niet, we hadden het niet lang over hem. Ook niet over Richard. We hadden het over onszelf en elkaar, vertelden elkaar na hoe het was geweest toen we de laatste keer in bed hadden gelegen en hoe het de volgende keer zou zijn. En dan was onze telefoontijd op. Omdat de kinderen uit school kwamen, of van hun vrienden naar huis, of omdat mijn man terugkwam van zijn zakenreis, of omdat er klanten in de winkel kwamen. Toen Michael terug was uit Duitsland, woonde hij eerst bij zijn vader. Hij werkte af en toe voor de radio en bovendien had hij een schrijfbeurs gekregen. Hij werkte aan zijn eerste roman en had veel tijd over. Soms las hij me aan de telefoon een bladzijde uit zijn manuscript voor. Ik meende de invloed van Richard te horen, verhaalpassages 'vanuit de onwerkelijkheid'. 's Ochtends als de kinderen op school waren, werkte ik in een winkel waar ze dure hebbedingen verkochten, er kwamen vriendelijke, beschaafde klanten, ik voelde me haast een vriendelijke, beschaafde galeriehoudster. De middagen voor de liefde vergden wat organisatie, Gretel hielp me daarbij. Michael had inmiddels zijn eigen appartement. Twee kleine kamers, een keuken en badkamer. In een appartementencomplex. Het complex was vervallen, het appartement gezellig. Richard gaf hem een paar schilderijen cadeau, maar twee naast elkaar was voor mijn gevoel te naargeestig. Ik hing ze anders op. Ik gaf Michael twee varens en een porseleinen pauw, een handbreedte hoog, een kleine fles met een miniem, maar tot in detail uitgewerkt zeilschip, twee laarzen en een hoed uit de tijd van Goethe, ook van porselein, tot een stilleven gearrangeerd. De kleine spullen waren voor op zijn bureau, een oude Amerikaanse eettafel die hij uit Duitsland had meegebracht. En ik gaf hem een tapijt. Rond de tijd dat het grofvuil werd opgehaald reden we in zijn Toyota de straten af, we vonden een fantastisch terrarium, een fantastische rieten stoel en een schemerlamp uit de jaren vijftig met een versleten kap, ik haalde Japans zijdepapier in huis, lakte het tien keer en bespande hem ermee. Nu waren we er niet meer op aangewezen te wachten tot mijn man in zijn Saab op zakenreis ging. We zagen elkaar in het huis in de Brandgasse, 's middags en wanneer ik ook maar een uur tijd had. Soms ook als ik maar een half uur had, 's ochtends bijvoorbeeld, voordat ik de winkel opendeed. – Maar ik wil vaart maken en samenvatten: een jaar later gingen mijn man en ik scheiden, en nog een half jaar later trouwden Michael en ik. We zijn nog altijd samen. Ondertussen dus – ik weet niet eens hoelang het nu is. We vergeten onze trouwdag meestal. Dat schijnt een goed teken te zijn.

Maar ik wilde over mijn broer schrijven en niet over mezelf. Michael weet wat ik niet weet.

'En jullie zaten alleen maar over het heelal te praten?' vraag ik. 'En elkaar raadsels op te geven? Hadden jullie het niet over vrouwen? Niet over ons? Niet over Kitti? En ook niet over Putzi?'

Richard was altijd pas in de laatste minuten voordat Sjamasj en hij ervandoor gingen over Putzi begonnen. Dat hij zoveel plannen met haar had gehad. Dat hij bang was dat ze de getallen een tot tien en de letters van haar naam zou vergeten. Hij was haar vergeten te zeggen dat haar moeder met haar moest oefenen. Ze was gewend om bij het spelen met een volwassene op de grond te liggen, haar moeder lag vast niet met haar op de grond. Ze was de hond gewend. Nu had ze een zusje, maar een baby kon een hond niet vervangen.

'Had hij die baby toen überhaupt al gezien?' vraag ik.

'Putzi 2, bedoel je?' vraagt Michael.

'Weet je niet hoe dat kind heet?'
'Nee. Jij?'
'Ik heb het geweten,' zeg ik, 'maar ik ben het vergeten.'
'Ik heb het nooit geweten. Richard heeft het ook nooit geweten.'
'Ja, hij heeft het wel geweten,' zeg ik. 'Hij heeft het mij verteld. Hoe had ik het anders moeten weten?'
'Maar je weet het niet,' zegt Michael.

Maar op een gegeven moment, vertelt hij, begon die versuffing hem op zijn zenuwen te werken. Alleen maar zitten en raadsels oplossen en uitrekenen hoe ver Jupiter van de zon af stond, als de zon de doorsnee van een sinaasappel had. Richard deed niets liever dan aan dingen gewend raken, en hij vond niets vervelender dan met een gewoonte breken. Er zitten vier dode mannen rond een tafel, alle vier met een speelkaart voor zich en eentje ook nog een revolver – wat is er gebeurd? Misschien zijn hun gewoonten ze fataal geworden. Daarom stelde Michael voor 's middags en 's avonds tochtjes te maken met de auto. Met Sjamasj op de achterbank. Dat deden ze een tijdlang. Richard nam zijn cassetterecorder mee, ze luisterden 'Going Up The Country' van Canned Heat en 'On The Road Again', alleen die twee nummers zong Alan Wilson, en dat waren de enige goeie nummers, daar waren Michael en Richard het over eens, verder was alles van de band flut. Ze reden de bergen in tot waar het asfalt ophield en de puinweg te steil werd. Of Zwitserland in. Of naar Duitsland en langs het meer tot voorbij Meersburg. Als ze ergens stopten, stapten ze niet uit, ze draaiden alleen het raampje naar beneden.

Michael zegt dat zijn eerzucht weggesmolten was. Hij wilde niet werkelijk meer dat er iets van hem terecht zou komen.

'Net als Richard,' zeg ik.

Hij had overdag zitten wachten tot ik bij hem langskwam. Of hij had zitten wachten op de avonden dat Richard en Sjamasj langskwamen. Hij had niet meer aan zijn roman doorgewerkt. Alleen nog doorgedacht. Als hij iets had bedacht, had hij al het gevoel gehad dat hij had gewerkt.

'Net als Richard,' zeg ik.

Ze waren in de Toyota gestapt, hadden Coca-Cola gedronken, Richard had ergens een koeltas opgeduikeld, hij had voor hen allebei sigaretten zitten draaien – en ze hadden worstenbroodjes gegeten. Onder een Amerikaanse hemel hadden ze de auto stilgezet. Avondrood in het westen. Richard had verteld dat hij zich niet met zeep waste, nooit, hij ging in bad liggen, in heel warm water, bleef onbeweeglijk liggen tot het koud werd en dan kwam hij eruit. Hij droogde zich ook niet af. Hij wachtte gewoon, het tochtte altijd wel een beetje. Hij deed dat overigens niet uit overtuiging. Hij deed zo goed als niets uit overtuiging. En het was niet uit overtuiging dat hij niets uit overtuiging deed, het was gewoon zo. Zo waren ze op een dag ook naar Feldkirch gereden, waar Richard hem het nest in de rotswand had laten zien en het verhaal erbij had verteld.

Dat ging zo tot laat in de herfst. Bijna elke avond. Boterhammen met beleg, appels, bier, water voor Sjamasj. Volgens Michael zei Richard op een avond dat de wereld wreed werd zodra de zon onderging. Volgens mij heeft Richard dat nooit gezegd, maar komt het van Michael. Hij dicht het hem toe omdat hij mijn broer zo veel mogelijk interessants en goeds wil toeschrijven – nu ik over hem schrijf.

Het was zijn idee geweest, zegt Michael: om Kitti op te zoeken.

3

Sjamasj lieten ze thuis. Richard kon niet voor hem instaan.

Beneden het huis was een parkeerplaats, daar gingen ze staan. Met de motor aan en de ventilator aan. Het was een huis van zongebrand hout, met witte kozijnen, grote ramen, uitzicht over het meer, heel mooi, het moest een vermogen waard zijn in die buurt. 'Paste helemaal bij Kitti's levensplannen,' merkte ik op toen Michael erover vertelde. Ze wachtten tot het donker werd, en ja hoor, in het huis ging het licht aan. Er woonde dus iemand. Ze had dus inderdaad de psychiater aan de haak geslagen. Al kon het ook iemand anders zijn. Michael liep ernaartoe, belde aan, er deed een vrouw open, zoals Richard haar beschreef kon het Kitti zijn, maar het was niet zeker. Kapsels en haarkleur kunnen verwarrend zijn. De vrouw aan de deur had een hoofd vol vlechtjes, fosforescerend gele vlechtjes, echte en ingeknoopte. Ze had een zuigeling op haar arm. Michael vroeg of dit het huis van de familie Eisendle was, hij twijfelde, hij wist de weg niet, als hij op het verkeerde adres was, dan speet hem dat. De vrouw giechelde, ze kende geen Eisendle, misschien had er vroeger een Eisendle gewoond, maar nu niet meer. Michael bedankte haar, grijnsde, de vrouw grijnsde direct terug, ze boog een eindje in zijn richting, hij had het idee gehad, zegt Michael, dat niet zij, maar haar lichaam naar hem toe boog, automatisch als het ware, uit gewoonte en grenzeloze doortraptheid, de mouw van haar T-shirt gleed een eindje omhoog en hij zag haar tatoeage – een doornenkroon met bloeddruppels. Ja dus: Kitti.

'Bedankt,' zei hij. 'Het was leuk om met je te praten.'

'Wil je niet binnenkomen?' vroeg ze. 'Kunnen we verder praten.'

'Ik heb een dringende boodschap voor de Eisendles,' zei hij.

'Het zal toch niet om leven of dood gaan,' zei ze.

'Dat niet nee,' zei hij.

'Kom toch binnen,' zei ze. 'Je hebt interessante wenkbrauwen, net kleine struikjes.'

'Dat gaat wel,' zei hij.

'Dit is Putzi,' zei ze en ze hield hem de baby voor. 'Wil je haar vasthouden? Dat mag van mij.' Michael stond op het punt te zeggen dat het Putzi niet kon zijn, omdat Putzi immers veel ouder was.

'We kunnen een glaasje wijn drinken,' zei ze.

'Nee, dank je wel,' zei hij. 'Een andere keer misschien.'

Hij liep terug naar de auto en bracht verslag uit. Hij had geen goed gevoel. Hij had de afgelopen weken regelmatig geprobeerd zich een beeld van Kitti te vormen. Veel had Richard hem niet verteld. Hij had zich haar als een naïef, maar tegelijk geraffineerd eeuwig meisje voorgesteld, zonder verantwoordelijkheidsgevoel, maar onschuldig, verwilderd en hulpbehoevend. Zo was ze niet. Ze was slecht. Hij had dat woord, zoals het hoorde, meteen weggestopt. Wat dat woord betekent, bestaat niet. Maar het ging niet om een woord, het ging erom Richard daar weg te krijgen. Maar die leek wakker te zijn geworden, juist nu, in de paar minuten dat hij alleen in de Toyota had gezeten en had toegezien hoe Michael daarboven bij het huis met Kitti had staan praten.

'Ik moet zien wat ze doet,' zei hij en hij stapte uit.

Hij moest helemaal niks, zei Michael, en wat ze daarboven deed, dat ging hen beiden helemaal niks aan, ze was dan misschien wel een schoft, maar ze had het recht om een schoft te zijn. In alle tijd dat hij Richard kende, had die nog niet één keer het initiatief genomen, Michael had voorgesteld autotochtjes te gaan maken, hij had bedacht waar ze naartoe gingen en Richard ertoe gebracht het nest te laten zien en het verhaal te vertellen dat erbij hoorde. Hij had zelfs beslist wat voor worst er op hun broodjes zat. Als hij Richard had gevraagd wat hij wilde, was die gaan filosoferen. 'Worst? Wat voor worst? Ja, wat voor worst, dat is de vraag.' Als er een man zonder eigenschappen bestond, dan was Richard de man zonder aandriften. Maar hij was ook gefascineerd door mijn broers passiviteit, omdat hij er een kijk op de wereld in meende te ontwaren die hemzelf vreemd was. Hij wilde van hem leren. De wereld alleen aanschouwen. Net zo lang tot dat niet meer volstond. Vanaf wanneer zou het niet meer volstaan om de wereld alleen te aanschouwen? En stel dat het tot het einde zou volstaan? De wereld had veel te bieden. Meer dan welk mens ook te bieden had. Het zou verspilde tijd zijn om de wereld niet te aanschouwen maar iets te doen – met mensen te praten of bier te drinken of autoritjes te maken, te vrijen, niet alleen in bad te gaan liggen, maar ook zeep te gebruiken, een kind te verschonen en het de letters en de cijfers in spiegelbeeld bij te brengen, of een getrouwde vrouw van wie je hield een huwelijksaanzoek te doen. Er viel altijd meer te aanschouwen dan te doen. Dat stond vast. Uiteindelijk zouden we allemaal zeggen: we hebben te veel gedaan en te weinig aanschouwd. Wat dan?

'Ik moet zien wat ze doet,' zei Richard en hij stapte uit. 'Je hoeft niet mee te komen.'

Maar Michael ging mee.

4

Het was ondertussen zo donker geworden dat ze vanuit het huis niet te zien waren. Toch liepen ze door het gras en niet over de weg. Richard voorop. Hij had opeens iets levendigs over zich en in het maanlicht leek zijn silhouet een spichtige schaduwfiguur, Michael moest zijn best doen om er zijn vriend in te herkennen. De schaduw sprong, danste bijna, alsof hij zich ergens mateloos op verheugde. Maar waarop? Richard kende het huis goed, hij had er een tijd gewoond, maar me er nooit uitgebreid over verteld. Het stond op een helling, de kamers waren op de eerste verdieping en hij wist een goede plek naast een vlierboom van waaruit ze gemakkelijk in de woonkamer naar binnen konden kijken. Er waren geen gordijnen, geen rolgordijnen, geen luiken. En al waren die er wel geweest, Kitti had ze niet dichtgedaan, het kon haar niet schelen als ze bekeken werd. Eerder het tegenovergestelde. Ze zagen een weelderig Engels interieur met een open haard aan de achtermuur met een leren bank en twee leren fauteuils eromheen, aan de muur hingen twee gekruiste geweren, aan de zijkant stond een verrijdbare bar van messing. En tussen dat alles Putzi. Putzi 1. Daar stond ze, recht in hun richting te kijken. Ze kon hen niet zien, volstrekt uitgesloten, ze stonden in het donker en dicht bij de vlierboom, niet van de stam te onderscheiden, had Richard een arm naar haar uitgestrekt, dan was die als een tak geweest die haar had toegewuifd, het was geweest alsof de wind door de takken ging. Het meisje stond blootsvoets op de donkere plankenvloer, alleen een hemdje aan, een helder wit T-shirt van haar moeder, of van Richard nog, omdat het alleen dat, altijd alleen maar dat aan wilde. Ze hield iets in haar hand, ze kon haar vingers er amper omheen krijgen en keek hun kant uit. Ik haal je daar weg, zei Richard, of hij zei het niet, maar dacht het alleen, of ik denk dat hij dat dacht. Nu verscheen ook Kitti met haar gele vlechten, die in het flakkerend licht van de open haard groenig en paars waren. Lelijk. Ze had de baby op haar arm en wiegde die zachtjes, waarschijnlijk om haar een boertje te laten doen. Ze zei iets tegen Putzi, haar mond stond boos. Putzi verroerde zich niet, ze staarde naar het raam. Kitti boog naar haar toe, trok haar aan haar schouder. Putzi reageerde niet. Ik haal je daar weg.

Plotseling hoorde Michael geritsel naast zich. Hij draaide zich om en zag Richard de helling af rennen en in het donker verdwijnen. Hij was bang dat Richard de deur ging inslaan en de bevrijder van Putzi zou gaan spelen, maar verder kwam hij niet met zijn gedachten. Want van de andere kant kreeg hij een klap tegen zijn hoofd, niet met een vuist, dat had hij zich nog gerealiseerd. Hij dacht: het is een stuk hout, hopelijk beschadigt er niets. Toen raakte hij even buiten bewustzijn. Maar hij was er direct weer bij, omdat hij nog een keer geslagen werd, eerst tegen zijn schouder, vervolgens tegen zijn slaap en opnieuw tegen zijn schouder. Hij kromp ineen op de grond en rolde de helling af, kwam op de been en rende, struikelde en rende. Hij rende naar de auto. Die zat op slot. Richard zat op de bijrijdersstoel. Hij liet hem snel binnen. Maar drukte direct het palletje naar beneden zodra Michael was ingestapt. Michael zag zichzelf in de achteruitkijkspiegel. Het bloed stroomde over zijn voorhoofd, langs zijn neus, het drupte op zijn overhemd. Zijn schouder deed pijn, hij had moeite om zijn arm op te tillen.

Richard zei dat hij wist wie het was. Het was de psychiater geweest. Geen twijfel mogelijk. Hij was weggelopen, zodat hij hem niet zou herkennen. Hem, Michael kende hij niet, maar hem, Richard wel. Het was belangrijk dat hij hem niet herkend had, want: ze moesten aangifte doen. Die hufter er eindelijk bij lappen. Dat hij een kind vasthield in dat klotevakantiehuis van hem, dat hij het opsloot, het dwong. Hij stapte uit, maakte het bestuurdersportier open. Michael moest hem vertrouwen, hij moest gewoon doen wat hij zei. Had hij hoofdpijn? Dat ging voorbij. Hij moest niet praten. Kalmeren. Ontspannen. Hij had een plan. Ze zouden eerst naar het ziekenhuis gaan. Eén ding tegelijk. Lopend, niet met de auto. Waarom, daarom. Hij, Richard, had geen rijbewijs. Als hij reed, maakten ze zich kwetsbaar, en als hij, Michael, reed ook, want in zijn toestand autorijden was absoluut gevaarlijk en mogelijk strafbaar. Onder het lopen legde Richard uit wat er was gebeurd. Ze waren hier nog voor zonsondergang, volstrekt normaal en volledig vreedzaam, naartoe gereden, hadden de auto volgens de voorschriften geparkeerd, ze zouden gaan wandelen en ze zouden overleggen over een boekproject dat werd ondersteund door het ministerie van Onderwijs, en van de laatste herfstzon genieten, ze hadden vijftig meter gelopen toen Michael had bedacht dat hij was vergeten de auto op slot te doen, dus hij terug, en op de parkeerplaats was die man hem te lijf gegaan, zonder enige aanleiding, een psychiatrisch patiënt waarschijnlijk, Michael had hem niet eens gezien, maar hij Richard, had hem gezien. De man had Michael met een voorwerp tegen zijn hoofd geslagen en had hem geschopt, tegen zijn schouder, steeds weer tegen zijn schouder. Dat was er gebeurd. Zo zouden ze het in het ziekenhuis vertellen, hij zou het verhaal doen. Richard zou, desnoods onder ede, verklaren dat hij de man kende, dat het dr. Ferdi Brandstetter was, de psychiater, die waarschijnlijk zelf gek was geworden omdat hij alleen maar – alleen maar met gekken omging. De specialist in het ziekenhuis zou niet anders kunnen, hij of zij moest aangifte doen, zo waren de regels, hij hoopte op een vrouwelijke arts. Hij, Michael, moest hem gewoon het woord laten doen. Hij hoefde niks te zeggen, juist niet, als hij niks zei en gewoon voor zich uitkeek was dat geloofwaardiger, hij was immers in shock.

Er kwam een vrouwelijke arts om Michaels wonden te verzorgen, ze gaf hem iets tegen de hoofdpijn en een zalf voor zijn schouder. Ze vroeg wat er was gebeurd. Richard nam haar terzijde, glimlachte en sprak op fluistertoon met haar. Ze luisterde aandachtig, knikte zo nu en dan, keek zo nu en dan naar Michael en glimlachte nu ook. Toen Richard Michael naar huis bracht, zei hij dat het niet verstandig was geweest de arts alles te vertellen. Hij had het plan gewijzigd. Hij koos voor de harde aanpak. De officiële weg was een tunnel onder de paleizen door, de rijke stinkerds werden beschermd door de autoriteiten. Dan zouden zij uiteindelijk op hun kop krijgen, Michael en hij. Nou, mooi niet! Hij liet Michael niet aan het woord. Michael wilde helemaal niet aan het woord komen. Hij zou hem morgen de details uit de doeken doen, zei Richard, hij moest eerst maar eens goed slapen.

5

De volgende dag vroeg Richard zijn baas of hij de telefoon mocht gebruiken. Eventjes maar. Hij belde de praktijk van dr. Brandstetter. Hij was een vriend van de dokter, zei hij tegen de assistente, ze verbond hem door. Dr. Brandstetter vond het leuk dat hij belde. Hij moest hem spreken, zei Richard, of hij koffie met hem kwam drinken. Dr. Brandstetter was buitengewoon vriendelijk aan de telefoon, dat stelde Richard gerust, hij had hem dus echt niet gezien. Als het niet langer dan een uurtje zou duren, zei de dokter, nam hij stiekem de achteruitgang en liet hij zijn patiënten wachten. Hij meende werkelijk dat Richard een vriend van hem was, een goede nog wel, hij had hem een paar jaar geleden tenslotte gratis in zijn huis op de berg laten wonen, met gevulde koelkast en vrije toegang tot zijn wijnkelder, en hij had ook een paar doeken van hem gekocht. Eentje hing er in zijn praktijk.

'Wat kan ik voor je doen, Richard?' vroeg hij toen ze in het theatercafé zaten.

Wat wilde Richard. Hij wist het niet. Nu hij naast de man zat die zijn vriend zo bruut in elkaar had geslagen, wist hij niet wat hij van hem wilde.

'Ik wilde gewoon eens horen hoe het met je gaat,' zei hij.

'Ja, goed,' zei dr. Brandstetter. 'Uitstekend, kan ik wel zeggen.'

'Dat is fijn om te horen,' zei Richard.

'En met jou, Richard?'

'Net zoiets.'

'Schilder je?' vroeg dr. Brandstetter. 'Heb je er genoeg tijd voor?'

'Ja, ik schilder,' zei Richard.

'Ik wil graag weer eens wat werk van je zien,' zei dr. Brandstetter. 'Ik heb nog wel een muurtje vrij hier en daar.'

'Altijd welkom,' zei Richard. 'Kom gewoon langs. Jij krijgt speciale korting.'

'Eentje met veel mensen erop.'

'Bij mij staan er bijna altijd veel mensen op.'

'Dat is je specialiteit.'

Dr. Brandstetter wenkte de serveerster, hij wilde betalen, twee koffie en twee mineraalwater.

Richard zei: 'Ik trakteer.'

'Dat vind ik aardig, Richard.'

'Graag gedaan.'

'Je ziet bleek, Richard.'

'Dat is het tl-licht maar.'

'Welk tl-licht heb je het over?'
'Is dat geen tl hier?'
'Nee.'
'Dan ben ik misschien toch bleek.'
'Pas goed op jezelf, Richard. Zou zonde zijn.'
'Ja, zou zonde zijn.'
'Nou, tabee, Richard!'
'Tabee, Ferdi!'
'Richard!'
'Ferdi!'

Ik word wakker, het is nog donker buiten, ik loop naar Michaels slaapkamer, hij vraagt of ik gedroomd heb. Ik ga 's nachts haast nooit naar hem toe, hij komt 's ochtends bij mij, bijna elke dag.

'Niet gedroomd,' zeg ik. 'Ik heb zoveel liggen denken. Weet je wat we hadden afgesproken na zijn begrafenis?'

'Na Richards begrafenis? Bedoel je na Richards begrafenis? Hoezo?'

'Je weet het niet meer. Het is zo lang geleden.'

Eigenlijk weet ik zelf niet eens zeker of ik het met Michael had afgesproken. Het was niet toegestaan om de urn mee naar huis te nemen. Een dichtgelaste urn van hard kunststof. Donkerbruin. Gerecycled plastic. Was dat er toen al? We wilden de as verstrooien. In het meer. Bij de baggergaten. Waar hij die badkuip had gevonden. Waar dat riet staat. En die lisdodden. Waar hij me een keer een wielewaal had aangewezen, ik dacht dat het een kanarie was. En een paar minuten was er nergens beschaving te horen en te zien, en de afdrukken van blote voeten in het zand hadden van

Robinson en Vrijdag kunnen zijn. De urn was in het graf geplaatst. In het graf waar onze moeder al lag. Naast het graf werd een houten kruis gezet. Tijdelijk, tot de steenhouwer Richards naam onder die van onze moeder zou beitelen. Beitelen en met goudverf inkleuren. Geboortedatum en sterfdag. Onze vader stond er gebogen bij, zijn kunstbeen naar voren, zijn goeie been naar achteren, een gezicht alsof het hem alleen op de zenuwen werkte en verder niks. Hij had zijn grijze ambtenarenpak aan, een zwart pak had hij niet en hij wilde er geen lenen, met het eeuwige vale, gebreide vest eronder dat onze dochter Paula na zijn dood van hem erfde en dat na haar dood aan mij overging, ik heb het nu onder het schrijven aan, de mouwen zijn uitgelubberd en te lang en vallen steeds weer op mijn toetsenbord. Toen we de begraafplaats af liepen, haakte ik in bij papa, ik deed het omdat ik dacht: iedereen kijkt naar ons, ze verwachten het van me. Ik zei tegen hem dat Richard dat niet gewild had, een dichtgelaste plastic urn met een reliëf van palmbladeren. Ik dacht dat papa dat ook vond. Dat wij nou eenmaal anders waren. Maar dat vond hij niet. Dat waren we niet. Hij duwde mijn hand weg, zei dat we altijd weer onzin moesten uitkramen. Pijnlijk luid. Wie bedoelde hij met 'wij'?

Michael en ik besloten dat we 's nachts het kerkhof op zouden sluipen met een harde, lange, puntige ijzeren staaf, hij zou die bij een bouwmarkt halen, die we in het verse graf zouden steken, tot we op iets hards stootten, de urn dus. Zo zouden we hem doorboren en openbreken. Zo zou de as eruit komen en vermengen met het water dat als het regende naar beneden liep. Dat was wel het minste. Ik had goed in de gaten gehouden waar de urn de grond in was gegaan. We zouden hem geraakt hebben. Maar we hebben het niet gedaan.

'Ik herinner het me echt niet,' zegt Michael. 'Dat zou ik me toch herinneren. Op zijn minst dat ik die ijzeren staaf zou halen.'

'Maar ik heb het met iemand afgesproken, dat weet ik,' zeg ik. 'Met wie anders, als jij het niet was?'

'Misschien heb je toch gedroomd.'

'Ach, hou op!'

'Je hebt het vast met Renate afgesproken.'

'Dat zou kunnen. En waarom hebben we het niet gedaan?'

'Ze vloog de volgende dag direct weer terug naar Berlijn,' zegt Michael. 'Maar je moet haar niet bellen, er niet naar vragen.'

'Mag ik bij je blijven?' vraag ik.

'Als je je eigen deken haalt.'

6

Michael had er flink van langs gekregen. Hij zegt dat hij het bij een bepaalde beweging nog altijd voelt, lichtjes, maar toch. Zijn schouder was blauw, zijn bovenarm, zijn borst, zijn halve rug. Ik vond dat hij röntgenfoto's moest laten maken, maar dat wilde hij niet. De klap tegen zijn slaap had minder kwaad gedaan dan hij aanvankelijk had gevreesd. Zijn hoofd bonkte nog een paar dagen, dat was alles. En een litteken. Hij schortte het contact met Richard op. En

Richard schortte het contact met hem op. Mijn broer kwam ook amper meer bij mij langs.

'Wat doe je de hele tijd,' vroeg ik hem, toen hij dan toch aan mijn keukentafel zat, Sjamasj aan zijn voeten, en cadeautjes uitdeelde aan Oliver en Undine, voor zijn nichtje een zelfgesneden vurenhouten paard, voor zijn neefje een luciferdoosje dat hij onder een loep had beschilderd, twintig uur werk met een miniatuurpenseeltje: een gezicht op een oriëntaalse markt, een moskee, fruitkramen, mannen met tulbanden, vrouwen met sluiers, twee kamelen.

'Ik schilder,' zei hij.

'Op luciferdoosjes?' vroeg ik.

'Ook.'

'En verder?'

'Ik heb een oud kozijn gevonden, het stond langs de straat. Drie delen, twee luiken aan de onderkant, boven kun je het openklappen. Dat beschilder ik,' zei hij. 'Het kozijn gewoon met dieren en planten, en erachter, als je het openklapt, een schilderij als op een altaar, het paradijs of zo, de ruiten met achterglasschildering. Dat is niet eenvoudig. Je moet omgekeerd werken, namelijk. Weleens gedaan? Super is dat. Net spiegelschrift. Je moet eerst de voorgrond schilderen en dan de achtergrond. Op het glas staan avonturen van feeën en dwergen en zo. Een paard met manen als een tak met appels eraan, met een doodnormale flat ernaast, zoals in Vorkloster, of de woonkazerne voor Zuid-Tirolers bij tante Kathe. Ik ga het voor waanzinnig veel geld verkopen.'

'Aan wie?'

'Weet ik nog niet.'

'En gewone schilderijen maak je ook?'

'Op het moment niet.'

Of hij iets van Kitti en Putzi gehoord had? Daar reageerde hij niet op. Hij had zijn haar laten groeien. Het kwam tot zijn schouders. En hij had een baard. Tot ver onder zijn kin. Als hij kauwde, was het of hij een eekhoorn naar binnen werkte. Maar eigenlijk was het geen baard, hij had zich alleen niet geschoren, al lang niet geschoren, geen baard, ik dacht dat als hij zichzelf toevallig weer eens in de spiegel zag, hij zou schrikken en zich zou scheren. Hij was het gewoon vergeten.

'Laat jezelf niet verslonzen,' zei ik.

'Wat!' zei hij. En Sjamasj blafte.

Ik kende indertijd alleen zijn versie maar. Dat hij erop had aangedrongen naar de politie te gaan, maar dat Michael dat niet wilde. Michael wilde niets met de politie te maken hebben, terwijl hij een schone lei had, en hij, Richard, niet. Hij had gezegd: jij hoeft het niet voor de politie in je broek te doen, die doen het zelf in hun broek, waarom zou je bij de politie gaan, toch alleen maar omdat je het in je broek doet. Kom mee, had hij tegen Michael gezegd, we gaan naar de politie. Jij zegt niks, laat mij maar praten, ik zeg waar het op staat. Natuurlijk geloofde ik hem niet. Ik wist niet wat ik moest geloven.

Michael vertelde me niks. Hij wilde er niet over praten. Een tijdlang trok hij zich ook van mij terug. Toen raakte ik in paniek. Ik kan zeggen dat ik bang was dat hij het uit zou maken, maar dat is het niet. Ik was in paniek. Wat had ik met mijn leven moeten beginnen. Ik was niet klaar voor het alleen-zijn. Mijn man en ik hadden afgesproken dat we in het voorjaar, als het weer warmer was, zouden scheiden. Dat is idioot om af te spreken, dat weet ik. Maar hij wilde het graag zo. Dus waarom niet. En toen zagen Michael en ik elkaar drie weken lang niet. Drie weken! Terwijl we in dezelfde stad woonden! Ik belde hem, maar hij nam niet op. En hij belde niet. Hij belde niet! Als ik in de winkel was, wachtte ik, ik zat steeds naar de telefoon te staren. Toen zocht ik hem op, ik belde bij hem thuis aan. Hij was er niet. Ik dacht: hij heeft een ander, eentje die niet zo moeilijk is, met een minder moeilijke familie. Ik stelde me haar blond voor, het tegenovergestelde van mij. Een vrouw die elke morgen uitriep: 'Wat zullen we vandaag gaan doen?' Een die in de winter wilde schaatsen en in de zomer waterskiën. Ik ging bij hem op de drempel zitten wachten. Het was winter, ik zat te rillen, februari, van alle maanden de maand waar ik het minst van hou, omdat zijn föhn voorjaar belooft maar die belofte nooit wordt ingelost. Het tochtte in de hal. Dat deed het altijd. De lift was al maanden kapot. In het trappenhuis was een ruit ingeslagen, ook al sinds het eind van de zomer. Alle goede geesten hadden het blok verlaten, leek het. Op de muur zat een oude watervlek, alsof er jaren geleden iemand had staan plassen. Van buiten hoorde ik het lawaai van een carnavalsoptocht. De toeters en bellen, de claxons van de typisch Amerikaanse trucks die we kenden uit Amerikaanse speelfilms, en de blaaskapellen en die irritante schalmeien en het geblèr. Ik had een sleutel van Michaels huis, maar ondertussen leek het me niet gepast meer om de deur open te maken. Maar wat als hij binnen op de grond lag? Door die klap tegen zijn hoofd? Hij kwam en we verzonken in elkaar.

7

Mijn broer en Sjamasj hoorden inmiddels bij het stadsbeeld. Twee vreemde snuiters. De man en zijn hond. Terwijl hij nog maar halverwege de twintig was. Ik vond dat ze al wat op elkaar begonnen te lijken. Zoals ik had voorspeld. Nog twee, drie jaar en ze zouden niet meer uit elkaar te houden zijn, hond en hond.

Toen hij weer eens bij me op bezoek kwam, zei ik: 'Ik maak een bad voor je.'

Hij kleedde zich uit, stond in hemd en onderbroek voor me, zijn rug gebogen, zijn benen in een x.

'Schaam je je voor me?' vroeg ik.

Hij ging naar de badkamer, deed de deur achter zich dicht en liet zich in de badkuip week worden, terwijl hij de Asterix-strips las die Michael had meegebracht omdat hij dacht dat Oliver en Undine ze leuk vonden. Wat ze niet deden. Een uur later kwam hij uit de badkamer, hij had de badjas van mijn man aangetrokken.

'Nee,' zei ik, 'het is nog niet voorbij.'

Ik maakte de badkuip schoon met Vim, vieze randen, en sommeerde hem er nog een keer in te gaan, omdat ik hem nu met zeep wilde wassen. 'Ik heb je als baby verschoond,' zei ik, 'je hoeft je niet voor me te generen.'

Toch geneerde hij zich om zich voor mij uit te kleden, en ik moet toegeven dat ik benieuwd was naar zijn lichaam. Gretel en ik hadden hem van de verschoontafel laten vallen. Met een peelinghandschoen en kernzeep schrobde ik zijn rug en zijn bovenarmen af, de rest kon hij zelf. Vervolgens waste ik zijn haar met shampoo, twee keer, zijn baard ook, en sommeerde hem toen om zich uitgebreid te douchen. Ik droogde hem af en hij kwam aan de keukentafel zitten, bloot. Ik knipte zijn haar en schoor zijn baard af, eerst met de schaar, toen met scheermesjes, drie mesjes gingen erdoorheen.

'En nu ga je nog een keer onder de douche,' zei ik.

Hij was een bleke, andere man. Een gezicht zo wit als een verwend kind. Toen Oliver en Undine thuiskwamen van hun vriendjes en vriendinnetjes, schrokken ze even, en ik meende een vraag in hun ogen te zien. Een derde man? Maar dat beeldde ik me maar in. Een slecht geweten heeft fantasie, het ziet heerscharen waar wolken zijn. Ik stopte zijn kleren in de wasmachine, zijn jas ging bij het vuil, die was niet te redden, onder de olie en stijf van de drukinkt en hondenharen. Zijn schoenen gooide ik erachteraan, spitsvingerig. Ik gaf hem een jasje van mijn man, Italiaans design, ze hadden dezelfde maat. Mijn man droeg alleen de beste kwaliteit, als vertegenwoordiger moest hij wel. De stof rook licht naar zijn aftershave, chic. En ik vond nog een paar zomerschoenen, ook Italiaans, nog nooit gedragen, gevlochten leer, de kleur van oude whisky.

Pas een maand later kwam hij terug. Met Sjamasj en: twee kinderen. Putzi 1 en Putzi 2. Hij kwam 's morgens, nog voor zevenen, we zaten met zijn allen aan de ontbijttafel, mijn man en Oliver en Undine, allebei met hun schooltas tussen hun benen. Of hij de kinderen overdag bij me kon stallen. Hij ratelde als een automaat. Ik kende dat. Zo praatte hij als het over iets onaangenaams ging. Het onaangename was: Putzi 2 vanaf die dag twee weken van 's ochtends tot 's avonds.

'Wat zeg je nou?' vroeg ik.
'Ja,' zei hij. Vlak, afgemeten.
'Krijgt ze nog de borst?' vroeg ik.
'Neu.' Diezelfde toon.
Putzi 1 zou hij alleen vandaag bij mij laten. Nu praatte hij weer gewoon. Putzi 1 was het probleem niet. Hij zou meteen met zijn baas gaan praten. Of hij haar weer mee mocht nemen naar zijn werk, net als eerder, toen alle collega's zo weg van haar waren. Ze konden weer een hoekje vrijmaken voor haar speelgoed en voor Sjamasj. Hij wist zeker dat zijn baas het goed vond. Hij, Richard, was de beste zetter in de wijde omtrek per slot van rekening. En waarschijnlijk de enige. Hij was een werknemer waar een baas over kon opscheppen. Wat die ook deed, had iemand hem verzekerd. Helfer is een genie. Dat had iemand hem verzekerd, dat zijn baas dat rondvertelde. Maar het was ook zo.

Wat er was gebeurd: de avond ervoor was er bij Richard aangebeld, hij deed open, stond Putzi daar, het koffertje naast zich.
'Papa,' zei ze.
Het flitste door zijn hoofd: ze heeft helemaal uit zichzelf moed verzameld, is van huis weggelopen, waar dat ook maar is op het moment, helemaal alleen op pad gegaan, ze heeft de route onthouden en is naar me toe gekomen. Hij was overweldigd, knielde voor haar neer, snikte en huilde, en riep Sjamasj, die jankte en likte. Ze lagen in elkaars armen en poten toen Richard, over Putzi's hoofdje heen, Kitti op de trap zag staan. Met Putzi 2 op haar arm. Hoe ze het kind de fles gaf. Hij herkende haar niet

meteen. Het flitste door zijn hoofd: ze lijkt niet op zichzelf, maar juist daarom is ze het. Ze had net zo'n bloempotkapsel als France Gall bij de Grand Prix Eurovision 1965, maar dan zwart in plaats van blond. Ze droeg een zwarte coltrui onder een strakke, korte, zwarte jas, hoge zwartleren laarzen en een zwarte zonnebril met glazen zo groot als Putzi's handjes. Een zonnebril in een donker trappenhuis. Ze had haar lippen in de kleur van haar gezichtshuid gestift. Zoveel raffinement was niks voor haar, dat kwam van iemand anders, dacht hij, en hij dacht niet dat het dr. Brandstetter kon zijn.

'Is dat een pruik?' vroeg hij.

'O wee als je me aanraakt,' zei ze.

Het kwam niet in hem op, zei hij, haar aanraken was het laatste wat hij van plan was.

Ze had wel verwacht hij haar zou beledigen, zei ze. Ze had ook een nieuwe manier van praten. Dat hij een onmens was. Of hij zich nooit had afgevraagd hoe Putzi eronder leed dat hij zich nooit meer had vertoond, niet één keer.

Richard stamelde iets, dat hij dacht dat dat niet gewaardeerd werd. Maar hij murmelde zo dat Kitti hem niet kon verstaan – en Putzi ook niet, dat was ook de bedoeling, en daarom murmelde hij. Het kind stond namelijk voor hem, het hield met beide handen zijn broekspijpen vast en had zo'n gelukkig gezichtje dat hij als dank daarvoor alles wat de wereld aan zuurs en bitters te bieden had op zich had willen nemen.

'Het is niet meer dan rechtvaardig,' zei Kitti, 'als jij Putzi een tijd van me overneemt.'

'Prima,' zei hij. 'Graag.'

'Ik hoef je niet uit te leggen waarom dat belangrijk voor me is,' zei ze op een toon alsof hij niet 'graag', maar 'liever niet' had gezegd. 'Daar ben ik niet toe verplicht. En denk vooral niet dat ik bij je kom omdat ik verder niemand heb. Ik kom omdat het je plicht is te helpen.'

'Prima,' zei hij, 'nee, hoef je niet, ben je niet, ben je niet toe verplicht.'

'Doe niet zo genereus,' viel ze hem in de rede. 'Het is namelijk niet genereus van je, het is gewoon je plicht.'

'Prima,' zei hij en hij tilde Putzi van de grond en drukte haar tegen zijn wang, en het flitste door zijn hoofd: hopelijk gaat ze gauw weg en laat ze ons eindelijk alleen en komt ze een hele, hele tijd niet meer terug, het liefst nooit meer, zodat ik met kalme stem tegen Putzi kan zeggen: je mama is overleden, er gebeuren elke dag auto-ongelukken, en ze gebeuren niet alleen als er iemand is die wenst dat ze gebeuren.

'En dan nog wat,' zei ze. 'Zodat je eens uit eigen ervaring en zo, wilde ik vragen, puur voor de vorm, je hoeft geen ja te zeggen.'

'Wat bedoel je?' vroeg hij.

'Of je Simone ook kunt nemen.'

'Prima,' zei hij. 'Hoelang precies?'

'Drie weken.'

'Drie weken!'

'Ja, dat dacht ik al wel,' zei ze, 'dat je zou gaan onderhandelen. Onderhandelen om een kind. Je hebt vast geen idee hoe laag dat is. Maar goed. Twee weken.'

Hij wilde zeggen dat dat niet kon, met geen mogelijkheid, dat ze zelf toch wel wist dat dat niet kon, hij werkte immers de hele dag en hij kon ook geen vakantie nemen, omdat zijn vakantiedagen al op waren. Maar hij zei niks.

Toen mijn man vertrokken was en ook Oliver en Undine onderweg waren naar school, zei Richard: 'Er is zomaar een liedje in mijn hoofd gesprongen, alsof ik op de knop van de cassetterecorder heb gedrukt, en ik raak het niet meer kwijt, je weet wel, dat van die kleine Joodse zanger, ik kom niet op zijn naam, maar je hebt een plaat van hem, hij is in Zwitserland verhongerd als ik me niet vergis, een meter vijftig was hij – "*Es wird im Leben Dir mehr genommen als gegeben. Ja, das ist so im Leben eben, das merke Dir!*"'

'Joseph Schmidt,' zei ik.

'Ja, die.'

Kitti had hem het kind, dat Simone heette, in handen geduwd – 'Er zitten drie afgevulde flesjes in de koffer en een volle zak melkpoeder, inclusief gebruiksaanwijzing!' – en weg was ze. Klak, klak, klak, de trap af en beneden, beng, de deur uit. Hij hoorde een auto wegrijden. Ze had geen rijbewijs. Die kerel van die ideeën voor dat nieuwe uiterlijk had dus in de auto op haar zitten wachten. En waar ze naartoe ging? Dat heeft hij nooit gehoord, mijn broer. Het was bijna Pasen. Ging ze skiën in de laatste sneeuw? Naar St. Moritz? Voor de vroege zomer naar de Balearen? Of de Malediven? Of Mauritius?

Het kind had niet gehuild. Daar had hij zich over verbaasd. Het keek hem aan, wendde de blik niet van hem af. Welwillende nieuwsgierigheid. Nu pas kreeg hij in de gaten dat er beneden aan de trap een tweede koffertje stond. En een kinderwagen.

Hij stond me een omhelzing toe en liep er toen met Putzi aan zijn hand vandoor. Ik keek ze door het keukenraam na. Putzi verkoos de mannen boven de vrouwen. Ze vond me aardig, dat wist ik, maar soms trok ze haar vuistjes tegen haar borst en keek me onderzoekend aan. Dat stak me altijd.

8

Ik zat nu met de zuigeling die de borst niet meer hoefde. Het is rot om te zeggen, maar ik vond het geen leuk kind. Mijn man was heel lief. Tegen mij en tegen het kind. Hij deed alsof het ons kind was. Alsof het kind een kans was. Dat we weer bij elkaar zouden komen. Ik was dol op Putzi, Putzi 1, niet zoals mijn broer, voor hem was ze – hoe zal ik het zeggen? Michael beweerde eens, nog voordat ik over Richard begon te schrijven, terloops zei hij eens: 'Richard heeft nooit van iemand gehouden.' Het kwam er zo terloops uit dat ik er niet op reageerde. Volgens mij zei ik dat je dat over niemand kon beweren.

'Hield hij dan ook niet van zijn hond?' vroeg ik.

'Ja, daar wel van.'

Hij hield van Putzi. Het was de onversneden liefde van een barbaar.

En ik zat met de zuigeling. Ik overlegde met de studente die 's middags in de winkel stond. Of ze voor me kon invallen. Twee weken. Natuurlijk zou ze mijn geld krijgen. We vroegen niks aan onze bazin. Zolang de winkel draaide, vond ze alles prima. Het kind was heel gemakkelijk. Niet lief. Maar niet moeilijk. Het sliep veel, altijd op dezelfde uren. Het huilde nauwelijks. Keek je altijd aan. Dat was een beetje griezelig. Het had een bijzondere bovenlip. Volwassen. Als van een volwassen vrouw, die al het een en ander had meegemaakt. Eén mondhoek trok een klein beetje naar beneden. Als ze eenmaal volwassen was kon dat een cynisch trekje worden. Nu zei het: ik doorzie je. Je maakt me niks wijs. Soms huiverde ik echt als ik met het kind alleen was. Alsof er achter het masker van de zuigeling iemand anders verscholen zat. Een vrouw die veel ouder was dan ik. Dat het aan mij was om haar als vriendin voor me te winnen. Zij had geen vriendin nodig.

Toen mijn man en ik 's nachts in bed lagen, het kind tussen ons in, vroeg ik: 'Vind je niet dat het een merkwaardige bovenlip heeft?'

'Jawel,' zei hij.

Ik had gehoopt dat hij nee zou zeggen. 'En wat vind je er merkwaardig aan?' vroeg ik.

'Ze ziet er volwassen uit.'

Ja, dus!

'Vind je haar griezelig?' vroeg ik.

'Kleine Simone? Onzin! Je bent hysterisch.'

'Dank je wel,' zei ik.

'Sorry,' zei hij, 'ik wilde je niet kwetsen.'

'Je kwetst me niet,' zei ik. 'Ik ben blij als ik hysterisch ben. Het zou erger zijn als het kind een monster was.'

Ik kon niet aan Simone wennen. Ik probeerde haar naam niet uit te spreken. Ik zei tegen Undine: 'Leg haar in je oude kinderwagen en neem haar even mee uit wandelen, wil je?'

Dat deed ze graag. Zoals alle meisjes van haar leeftijd. Toen ik zo oud was, gingen de meisjes graag met hun broertje of zusje uit wandelen. Twee jaar later zag je dezelfde meisjes, pubers inmiddels, bij de paardenstal. Eerst kinderwagen, dan viervoeter. Oliver hield afstand. Hij wilde niet bij het verschonen kijken en had ook geen behoefte haar de fles te geven. Maar ik zag wel hoe hij in de wieg stond te kijken. Een hele tijd. Hij denkt net als ik. Hij ziet het merkwaardige in het gezicht van het kind. Dacht ik. Ik hoorde Simone eens luid lachen. In plaats van haar speen had Undine haar een Bounty in haar mond gestopt, in de lengte doorgesneden en gladgezogen, en trok hem er weer uit en stopte hem er weer in.

9

En toen stond Kitti weer bij Richard voor de deur, haar kapsel en haar kleren nog steeds zwart, haar lippen nu ook. Ze had sinaasappels meegebracht. Zulke lekkere had hij nog nooit gehad. En een waterpijp. Toen Putzi haar moeder zag, begon ze te huilen. Ze liep weg en verstopte zich achter Sjamasj, die bij de kachel lag. Kitti wilde haar meenemen, maar de hond kwam overeind, stak zijn kop naar beneden en liet zijn tanden zien.

'Dan maar niet,' zei ze, ze nam de baby onder haar arm en weg was ze.

Weg.

Richard wachtte. Hij dacht: straks staat ze weer voor de deur. Allemaal show. Allemaal theater. Allemaal chantage.

Straf voor iets wat ze zelf niet kent. Hij had nog geen drie woorden met haar gewisseld.

Maar ze belde niet meer aan.

Richard bracht Putzi naar bed, zong 'Pale Blue Eyes' van Lou Reed voor haar, dat was inmiddels haar lievelingsslaapliedje. Er werd nog altijd niet aangebeld. Sjamasj ging naast het bedje liggen dat Richard voor haar had gebouwd en met schilderwerk had versierd. Hij had in de provinciale bibliotheek een stapel dierenboeken geleend, ze hadden ze samen bekeken en samen bedacht welk dier Richard op het bedje zou schilderen. Putzi had ook een dier geschilderd, een olifant die eruitzag als een schoen, een grijze. Richard had haar verteld dat hij vroeger altijd halfhoge grijze schoenen wilde hebben, die had je vroeger, met lichte crêpezolen. Wat daar goed bij zou staan, zei hij: een grijs pak, rode sokken en een grijs overhemd en een grijze stropdas. Tegen een grijze achtergrond, hield hij haar voor, kwam de schoonheid van de mens het best tot zijn recht. Het moest alleen geen modern pak zijn, maar eentje zoals je in oude zwart-witfilms zag, daar waren sowieso alle pakken grijs. Brede schouders, wijde broeken met dubbele bandplooien. Lange jasjes. Het liefst met een hoed, maar die dan bruin. En minstens vier grote glinsterende ringen aan je vingers, eentje met een zwarte, gladde steen. En sigaretten in een pijpje. Uit een etui. En een gouden aansteker. Putzi luisterde aandachtig. Ze luisterde altijd aandachtig naar hem.

Er verstreek een maand, en nog een maand. Putzi ging elke dag met Richard naar de zetterij. Iedereen was op haar gesteld, ze zat niemand in de weg. Ze mocht ronddollen. Al snel kende ze de machines, ze praatte ermee, de een vond ze leuk, de ander wat minder. Voor de leuke machine bracht ze iets mee, een lolly of gummibeertje. Soms kwamen ze bij ons op bezoek. Iedereen vond haar aardig. Oliver nam haar bij haar handen en draaide rond, zodat haar benen door de lucht zwierden en ze kraaide van plezier. Undine boetseerde poppetjes van plastiline met haar, de hele familie: mama, papa, Oliver, zijzelf, Richard, Putzi, Sjamasj.

Zodra Putzi buiten op het terras met Undine speelde, zei ik: 'Richard, dit kan zo niet doorgaan.'

En hij zei: 'Wat kan zo niet doorgaan?'

'Je bent niet haar vader.'

'Nou en?'

'En als iemand aangifte doet.'

'Wie?'

'Iemand ziet een man met een kind die eerder nooit een kind heeft gehad, die man woont met dat kind. Dat is genoeg. Wat vragen ze in de zetterij?'

'Ze vragen niks. Ik heb verteld dat het jouw kind is en dat jij op wereldreis bent.'

'Dat heb je niet gezegd.'

'Ik heb gezegd dat Putzi Gretels kind is en dat Gretel op wereldreis is.'

'Dat heb je ook niet gezegd.'

'Ik heb gezegd dat Putzi Renates kind is en dat Renate in Berlijn zit en haar er niet bij kan hebben, omdat ze psychische problemen heeft.'

'Je bent een zwetsmeier!' zei ik.

Er verstreek een derde maand en een vierde en een vijfde. En toen was het alweer zomer. De kinderen hadden zomervakantie en Richard ging in de weekends met Putzi en Sjamasj naar het meer. Daar waar hij die oude badkuip had gevonden. Die was ondertussen weggehaald. Daar waar Putzi haar papa en Sjamasj had leren kennen. Drie vreemde snuiters waren het.

IV

Tanja

I

Op mijn dertigste verjaardag kwamen de RAF-terroristen Andreas Baader, Gudrun Ensslin en Jan-Carl Raspe in hun cellen in de extra beveiligde gevangenis Stammheim om het leven. De mannen hadden zichzelf doodgeschoten, de vrouw had zich opgehangen. Irmgard Möller, de vierde, stak een mes in haar borst, zij bleef leven. Een paar uur later werd de Duitse werkgeversvoorman Hanns Martin Schleyer vermoord. De terroristen die hem hadden ontvoerd en hem meer dan een maand in gijzeling hadden gehouden om met chantage hun kameraden vrij te krijgen, gaven hem een nekschot, stopten zijn lijk in de kofferbak en parkeerden de auto over de grens in Frankrijk. De straat – ik heb dat onthouden – heette rue Charles Péguy. Ik las in een krant dat dat iets moest betekenen. Charles Péguy zou een socialist, maar ook een nationalist, een mysticus en nog een heleboel meer zijn geweest. En hij zou aan het begin van de Eerste Wereldoorlog op het slagveld geëxecuteerd zijn. De terroristen zouden dat allemaal hebben geweten, las ik, en hadden ons, door de auto met de werkgeversvoorman uitgerekend in die straat neer te zetten, iets willen zeggen. Ons, de samenleving. Maar wat wilden ze ons zeggen? Soms reed ik met de kinderen over de grens naar Lindau om de Russische gebakjes te kopen waar we allemaal zo dol op waren. Bij de douane staarde ik naar de opsporingsposter met de terroristen. Een van de posters was al oud. Hij zag eruit als een aankondiging van een rockconcert. De hoofden van Baader, Raspe en Ensslin waren met balpen doorgestreept, nog voor hun dood. Jan-Carl Raspe zag eruit alsof hij een mogelijke nieuwe gitarist van de Rolling Stones was, misschien had na Mick Taylor ook Ron Wood de handdoek in de ring gegooid. Ook het hoofd van Ulrike Meinhof was doorgestreept. Zij had zich een jaar voor de anderen in haar cel opgehangen. De gedachte aan haar had me lang niet losgelaten. Ik dacht: een kleinigheidje anders in mijn leven en ik was net zo'n vrouw als zij geweest. Ik herinner me, van vele jaren later, dat ik was uitgenodigd voor een literair evenement op een schip, er zat een voormalig bewaker uit Stammheim in het publiek, na mijn lezing kwam hij bij me zitten om zich voor te stellen. De man was ervan overtuigd dat de terroristen vermoord waren. Hij was zo overtuigd dat ik vroeg of hij het zelf had gedaan. Ook dat was op mijn verjaardag. Mijn vijftigste. De twintigste herdenkingsdag van de tragedie die inmiddels de 'Duitse herfst' heette. Hij staarde me lang en koud in mijn ogen. Hij had ze gekend, alle vijf, het waren slechte mensen geweest, zei hij. Ze hadden weg gemoeten. Weg! Sinds mijn kindertijd ben ik bang voor mijn verjaardag. Ik hoopte altijd dat hij gauw voorbij zou zijn, en dat er niks gebeurde.

Twee dagen na mijn dertigste verjaardag, 's middags, kwam Richard bij me op bezoek om me alle goeds te wensen, en dat ik nog drie keer zo oud zou worden. Putzi was in de zetterij, vertelde hij, zijn collega's pasten op haar, of nee, eigenlijk hoefde er niemand op haar te passen, ze wist er de weg, de werkplaats was voor haar als een tweede woonkamer. Ik wilde hem verwikkelen in een gesprek over de terroristen en de vermoorde werkgeversvoorman. We luisterden naar het nieuws, een Duitse zender, er werd non-stop verslag gedaan, de hele dag al. Mijn hart klopte in mijn keel. Richard keek naar de grond alsof het zomaar een van de vele nieuwsberichten was die voorbij kwamen. Ik zei dat ze de goeie te pakken hadden gehad, hij had bij de SS gezeten. Ook dat maakte geen indruk op Richard.

Hij zei: 'Laten we iets verzinnen. Jij bent de terroriste, ik de gijzelaar.'

Ik vond mezelf zo streng klinken, een gouvernante leek ik wel, maar ook geborneerd, ik gruwde van mijn eigen stem, maar tegelijkertijd vond ik hem fascinerend. Ik hoorde mezelf zeggen: 'Wees nou eens serieus, Richard!' en 'Eindelijk gerechtigheid!' En: 'Wanneer word je nou eens volwassen!' En: 'Wie wind zaait, zal storm oogsten.' En daarmee bedoelde ik niet de terroristen, maar de staat. Ik had geen flauw benul, van geen van beide partijen.

'Ach kom,' zei hij, 'laten we terroristje spelen! Of ik ben de terrorist en jij de gijzelaar. Al geloof ik dat ze eerder mannen ontvoeren dan vrouwen... Ik weet eigenlijk ook niet waarom. Weet jij waarom? En het is toch ook interessant dat er geen kinderen ontvoerd worden... niet door terroristen... Waarom eigenlijk niet? Dat zou toch veel eenvoudiger zijn... Dan heb je ook geen machinepistolen nodig, hooguit een lolly of een paar mooie sportschoenen...' Putzi had een tekening voor me gemaakt, ging hij verder en hij liet me niet aan het woord komen, en ik was hem er dankbaar voor. Ze zouden 's avonds bij me op bezoek komen, dat wilde Putzi graag, hij zou een fles sekt meenemen, hij wist dat ik sekt niet lekker vond, daarom zou hij een fles meenemen, en hij zou ook een verrassing meebrengen.

Maar 's avonds kwamen alleen Putzi en hij. Ik bewonderde haar tekening en wachtte op de verrassing. Tot ik het niet meer uithield en ernaar vroeg. Hij draaide eromheen. Steeds weer stootte Putzi hem aan met haar elleboog.

'Zeg het nou!' zei ze. 'Zeg het nou eindelijk!'

Eindelijk zei hij het. De verrassing was dat hij een nieuwe vriendin had. Tanja.

'Waarom heb je haar dan niet meegebracht?'

'Dat wilde Putzi niet.'

Putzi knikte.

'Vind je haar niet aardig?' vroeg ik, en eerlijk gezegd hoopte ik dat ze weer zou knikken.

Maar ze keek alleen Richard aan.

'We weten het nog niet,' zei hij.

'Wat weten jullie nog niet?' vroeg ik.

'Of we haar aardig vinden,' zei Putzi.

'En wanneer weten jullie het wel?'

'We vonden dat jij vandaag de belangrijkste moest zijn,' zei Richard, en Putzi knikte weer.

Ik moest lachen. 'Is ze een tweede Marilyn Monroe of zo?'

'Dat niet,' zei hij schuldbewust. 'Maar eerst kwamen die terroristen, dat was ook al stom... op je verjaardag... Sorry.'

Ze voelden zich allebei schuldig.

2

Een tweede Marilyn Monroe was ze niet. Maar wel knap. En nog wel het een en ander meer. Het duurde een hele tijd, een half jaar duurde het, tot ik haar mocht ontmoeten.

Denk ik nu aan Tanja, dan schiet me haar verbazing te binnen, verbazing over bijna alles. Het was alsof ze allerlei dingen voor het eerst zag, alhoewel – ze was eind twintig. Daar heb ik altijd van gedroomd: de wereld zien alsof het voor het eerst is – of voor het laatst. Michael zegt dat je alleen met die manier van kijken poëzie kunt maken. Ik vraag hem of je überhaupt poëzie kunt *maken*. Hij zegt dat Peter Handke dat kan. 'Die scheldt je stijf,' zeg ik, 'als hij maar denkt dat je dat denkt, en als je iets anders denkt al helemaal.' Richard was Tanja's eerste echte man. Moet ik dat geloven? Richard vertelde me dat, en zij vertelde het me later ook. Hij vertelde erover op de documentairetoon die hij aansloeg als het over het intiemste van het intiemste ging. Alsof hij de vertelstem was in een programma over de gebruiken van een inheemse stam. Op dat soort momenten waren de gebruiken in het binnenste van mijn broers hoofd onbegrijpelijker voor me dan de rituelen van welke inheemse stam dan ook. Zijn voorhoofd en zijn slapen waren de muren waar op de kronen geschreven stond: 'Hier gaat niets naar binnen en komt niets naar buiten zonder giftige controle. Het heeft geen zin hem te verhoren.'

Op een avond – na lange afwezigheid – stond Richard weer eens voor de deur. Aan zijn hand Putzi in een matrozenpakje en met aan iedere vinger een ring met een rozetje, ook aan haar duim, naast zijn schouder een slanke vrouw, een halve kop kleiner dan hij. Sjamasj glipte direct langs me heen naar binnen en zocht het plekje naast de ronde tafel in de woonkamer waar hij altijd lag, en keek me aan alsof hij een complimentje verwachtte. De paasvakantie was net begonnen, ik was alleen, Oliver en Undine waren met hun vader naar hun grootouders in München. Met de mengeling van lompheid, verlegen tederheid en onverschilligheid die ik zo goed van hem kende wees Richard naar de vrouw achter hem, zonder zich naar haar om te draaien, en zei: 'Dat is mijn nieuwe vriendin.'

'Ik heet Tanja,' zei ze, 'aangenaam kennis met u te maken,' en ze noemde ook haar achternaam.

Richard zei: 'Je kunt wel je en jij zeggen.'

Zij keek hem aan, hij haar niet. En dat bleef de hele avond zo. Ik kon het me al niet meer herinneren dat hij haar aan me had willen voorstellen, een half jaar geleden, als verrassing, alsof ze zijn verjaardagscadeau voor mij was. Op een gegeven moment ging ik naar de keuken om theewater op te zetten, toen zag ik hoe hij zijn hand naar haar uitstak. Ik keek naar ze door de kier van de deur. Ze pakte zijn hand gretig vast en drukte hem tegen haar borst, hij leunde met zijn hoofd tegen het hare en er kwam een rust over ze als van geluk, dat moest ik toegeven. Zijn geluk moest zijn verjaardagscadeau voor mij zijn.

Als ik nu aan die avond denk, schaam ik me. Omdat ik me gedroeg als de jaloerse zus uit het sprookje. Ik wilde Tanja klein houden. Wat kan een hand op een borst allemaal betekenen? Tegenover mij gedroeg ze zich onderdanig. Ik kon daar niet goed tegen. Ik had het niet fijn gevonden als ze onderdanig was geweest, maar ik kon er nog slechter tegen dat ze zich zo voordeed. Ik geloofde haar niet. Ook de permanente verbazing op haar gezicht geloofde ik niet. Waarom niet? Daarom: om hoe verzorgd ze eruitzag. Een professioneel styliste had het er niet beter vanaf gebracht. Ze had haar haar geverfd. Ik had er niet om willen wedden, maar ik ken geen enkele vrouw van boven de twintig die haar haar niet verft, of op zijn minst kleurspoeling gebruikt. Maar anders dan bij Kitti zag je het bij haar niet. Als Kitti haar haar zwart had, was het alsof ze haar hoofd in teer had gedompeld. Haar haar gaf een signaal af, het zei: 'Kijk dan, ik wil het zwart, zo zwart als maar kan!' Tanja's ogen bewogen veelbetekenend, alsof het de moeite niet waard was naar dingen te kijken die niet veelbetekenend waren. De kajal was zo geraffineerd aangebracht dat een bedreven rivale het niet van echt had kunnen onderscheiden. Oogomlijning als van een tijger. Er zaten kleine oneffenheden en foutjes in haar make-up, en juist daardoor leek haar huid onberispelijk. Ze had een sierlijke gewelfde nek en dat wist ze. Ze was heel knap. Bij de receptuur van haar design waren contrast en verrassing niet vergeten. En ik zag: als Richard iets zei wat een hem typerende zweem van absurditeit had, schoot er een uitdrukking van gekwelde moederlijke liefde over haar gezicht, wat me aan Anna Magnani in Pasolini's *Mamma Roma* deed denken, over wie je van alles kon beweren, behalve dat ze naïef was. En toen ik een paar danspasjes maakte op de muziek van de pick-up, trok ze een gespeeld vulgaire grijns naar Richard, zoals ik kende van Liza Minnelli in *Cabaret* – haar kapsel, dat op z'n minst de filmster citeerde, paste er wel bij. Ik trok uit dat alles de conclusie: die vrouw is niet naïef. Ze ziet er anders uit dan ze is. Haar gemaakte naïviteit was goed gemaakt. Wie naïviteit speelt, neemt een risico, namelijk om voor dom aangezien te worden. Met verbazing kun je die indruk tegengaan. Een slimme naïeveling verbaast zich. Een domme naïeveling verbaast zich niet. Wie dom noch naïef is, maar voor naïef wil worden aangezien, verbaast zich.

Toen Richard hoorde dat mijn man en de kinderen in de Goede Week en waarschijnlijk met de paasdagen ook nog niet zouden verschijnen, vroeg hij of Tanja, Putzi en hij op zijn minst die nacht bij me konden blijven slapen. Ondertussen probeerde Tanja in de woonkamer Putzi voor zich te winnen – wat haar niet lukte en nooit zou lukken –, in de keuken fluisterde Richard tegen me dat hij bang was dat Kitti zou opduiken, en als die zijn nieuwe vriendin zag, kon hij nergens voor instaan.

'Is de vonk overgeslagen?' vroeg ik.

'Ik heb geen stookvergunning,' zei hij. 'Kun jij me daaraan helpen?'

'Wil ze iets van je?'

'Ze wil met me trouwen,' zei hij ronduit. Hij was naïef. Maar niet geraffineerd naïef, maar gewoon naïef. Net als zijn schilderijen. Hij had me zelf eens verklapt dat hij wou dat de mensen onder zijn penseel eindelijk eens naar rechts of naar links zouden kijken, en de kijker niet steeds recht in zijn gezicht, maar dat deden ze niet.

'En jij?' vroeg ik. 'Wil jij trouwen?'

'Het zou eens wat anders zijn,' zei hij.

'Moet ik dat serieus nemen, Richard?'

Hij: 'Ken je die mop van die zere neus?'

'Richard,' zei ik, 'je doet ook altijd alles fout.'

'Is er een vonk overgeslagen tussen Michael en jou?' vroeg hij.

'Ik weet niet of ik het zo zou noemen,' zei ik.

Waarop hij: 'En jij, Monika, jij weet ook van niks of je het zo zou noemen.'

Ik sliep met Putzi in Olivers bed, Richard met Tanja in het huwelijksbed. Sjamasj tussen ons in in de woonkamer, ongelukkig omdat beide deuren dichtzaten. Putzi vlijde zich tegen me aan en streelde me met een bosje van haar haar. Dat kende ik alleen van haar, en ik heb nooit iemand anders ontmoet die dat deed. Ik heb geen idee wat er van haar terechtgekomen is, of ze een geliefde heeft, of haar haar lang genoeg is om hem ermee te kunnen liefkozen. Ze had me graag als zus gehad en ik haar graag als de mijne, maar dan op haar leeftijd. Zelfs in haar slaap, als haar mond mijn nek raakte, kusten haar lippen erop los, automatisch, alsof mijn huid een reactie opriep. 's Nachts maakte ze me wakker en vroeg ze waarom ik geen haar onder mijn armen had.

'Wie heeft daar dan haar?' vroeg ik. Maar toen sliep ze alweer. Haar adem rook naar zoete, lauwwarme melk.

De volgende morgen stonden Tanja en ik als eerste op. Ze liep in Richards T-shirt rond, eentje met Boris Karloff erop, het monster van Frankenstein met schroeven in zijn slapen, een still uit de film, een uniek shirt, zijn vriend met de scheve benen had het voor hem gemaakt. Ik liet haar voor in de badkamer. Ze knikte alleen, zei niets. Haar gezicht was afgeschminkt. Nu had ze een knap, argeloos marsepeingezicht, waarin zich noch naïviteit, noch verbazing liet onderscheiden. Maar wel een sterke, argeloze wil.

3

Tanja had vakantie. Ik nam een dagje vrij. Richard ging ervandoor, na niet meer dan een kop koffie, Putzi en Sjamasj liet hij bij me achter, later, om een uur of negen of tien, zou hij de stagiair opdracht geven om een broodje leverkaas en een Almdudler voor hem te halen, en voor zichzelf ook, als hij zin had, het wisselgeld mocht hij houden. 's Avonds na zijn werk zou zijn zus hem een soort braadstuk en een biertje voorschotelen, zonder salade. Overdag zou hij Putzi missen, de collega's die onder de drukinkt zaten ook en de baas ook. Ze zouden steeds weer in haar speelhoekje gaan kijken, waar chocola, citroensnoepjes, een handpop, knikkers, een vel knipplaatjes en een set ballonnen klaarlagen. Reikhalzend zouden ze komen kijken. Alsof Putzi nooit meer een dag bij hen zou doorbrengen, met haar vragen, haar gekraai, haar opgetrokken beentjes als ze haar middagslaapje deed te midden van het lawaai van de machines. Voordat hij vertrok had Richard tegen me gezegd: 'Dat begrijp je wel, dat ik Putzi en Sjamasj bij je laat. Anders denkt ze dat ik alles waar ik van hou meeneem, maar haar niet.'

En ik, stom van koppigheid: 'Wie denkt dat?'

Dus brachten we deze dag, een half zonnige, samen door: Tanja, Putzi, Sjamasj en ik. Vanaf het grasveld een straat verderop woei ons de geur van verbrand gras tegemoet. Daar staken ze de dorre helling in de brand. Ik was er graag bij geweest. En ik kon aan Sjamasj zien dat hij ook dergelijke verlangens had. Putzi speelde buiten op het terras met hem, ze stapelde losliggende tegels op elkaar, hij stootte ze met zijn neus om, waarna ze de hond een standje mocht geven, ze lachten allebei, de hond ook. Tanja en ik rekten het ontbijt tot in de middag. Ik rookte veel. Zij vertelde. Ik luisterde.

Haar eerste zin was: 'Wilt u weten hoe onze liefde tot stand is gekomen?'

Volgens mij werd ik rood. Dat word ik nooit. Maar toen wel. Om drie redenen. Omdat ik het niet wilde weten. Omdat de zin klonk alsof hij uit een film met Peter Alexander kwam. Omdat ze na een avond met je en jij nu weer u tegen me zei.

'Laten we alsjeblieft je en jij zeggen,' zei ik, 'straks word ik nog een houten klaas.' Wat ik al was.

'O, excuseert u mij,' zei ze, en toen giechelde ze en gooide ze haar hoofd achterover, en meteen naar voren in mijn richting, alsof we de dikste vriendinnen waren. 'Sorry, Monika, sorry! Weet je hoe dat komt? Dat komt door mijn werk. De mensen met wie ik normaal rond deze tijd praat, spreek ik allemaal met u aan, en zij mij ook.'

Ik wilde niks vragen. Ik wilde luisteren en niks vragen. Ik wilde niet de jaloerse zus zijn. Ik wilde er goed vanaf komen. Dus vroeg ik niet naar die mensen en niet naar Tanja's beroep.

Ze had een eigenaardige manier om de r uit te spreken. Dat viel me nu pas op. Als er een v voor stond, sprak ze de r uit als een d, een korte snelle d. Vdijdag. Vdagen. Vdeemd. Vdiezen. Vdiend. Vdolijk. Vdouw. Dat ontroerde me. Misschien door de geur van verbrand gras, door de voorjaarslucht en het merelgezang. Het ontroerde me zo dat ik mijn bedenkingen vergat. Op een gegeven moment omhelsde ik haar. Niet omdat ze iets omhelzingswaardigs had gezegd, maar omdat er drie keer achter elkaar na een v een d was gekomen. En ze zat op de wol van haar mouw te wrijven, tussen duim en wijsvinger.

Ze was altijd heel angstig geweest, vertelde ze, en om van haar angst af te komen moest ze doen waar ze het bangst voor was, meende ze. Namelijk: een man aanspreken die ze leuk vond. Het prettige aan haar werk was dat ze professioneel niemand aardig hoefde te vinden en ook niemand aardig vond. Het was vast een vloek dat ze alleen van het buitengewone kon houden. Als ze een buitengewoon persoon ontmoette, herkende ze die direct.

Dus, wilde ik vragen, beschouwde ze Richard als een buitengewoon mens. Maar ik vroeg het niet. Wat iemand anders misschien zou denken, dat ze bij me wilde slijmen door mijn broer op te hemelen, dat dacht ik niet.

Ze had Richard vaak gezien uit het raam op haar werk, haar kantoor was in de Römerstraße, ze was achter hem aan gelopen als hij hand in hand met Putzi en Sjamasj naast zich langs het meer slenterde. Hoe hij liep.

'Hoe loopt hij dan?' vroeg ik.

Ze zei niet 'zoals John Wayne', maar: 'Alsof hij het lopen aan het uitvinden is, bij elke stap opnieuw.'

Ik zei dat ik dat overdreven vond. 'Hij heeft als kind de Engelse ziekte gehad.'

Ze glimlachte bij zichzelf. En liet een lange pauze vallen. Noch van de pauze, noch van het glimlachen kon ik hoogte krijgen. Ik zag de kleine gaatjes in haar mouwen. Het was me opgevallen dat ze steeds weer een onderarm tegen haar gezicht hield. Ze beet plukjes wol van haar pullover. Ze had een regenachtige dag gekozen, 's avonds, en had Richard vanonder een paraplu, heimelijk dus, achtervolgd.

'Dus. Zo liep ik achter hem aan.'

'Hoe bedoel je, een regenachtige dag gekozen?' vroeg ik. 'Je kunt misschien wel een regendag uitkiezen, maar toch niet of Richard dan 's avonds gaat wandelen of niet.'

'Jawel,' zei ze. Wist ik dan niet dat Richard elke avond ging wandelen, of het nou regende of niet?

Ze deed niet aan liegen. Niks tactiek. Niks berekening. Geen verdediging. Ze was verliefd op hem geworden. Ter plekke. Ze had achterhaald waar hij woonde. Ze had achterhaald waar hij werkte. Ze had achterhaald hoe zijn dag verliep. Ze had achterhaald dat hij haast nooit met iemand afsprak. Soms met een vriend, nooit met een vrouw. Ze was niet opdringerig geweest. Soms wou ze dat ze opdringerig was, in ieder geval een beetje. Alleen iemand vragen hoe hij heette kon al opdringerig overkomen. Een blik kon al opdringerig overkomen. Maar hoe leren mensen elkaar kennen? Als iedere poging tot contact al een klein beetje opdringerig is? Ze had al bedacht wat ze tegen hem zou zeggen als het zover kwam. Buitengewone formuleringen, gericht aan een buitengewoon mens: u ziet eruit als een denker. Hoe zou hij daarop antwoorden? Misschien wel: waar denk ik volgens u dan aan? En ze wist niet hoe ze dan moest reageren. Ze schaamde zich zelfs tegenover mij, dat er zo'n formulering door haar hoofd gekropen was.

'Hoezo *zelfs* voor mij?' vroeg ik, en ik wilde eigenlijk vragen hoe ik me een kruipende formulering moest voorstellen.

Richard had geen paraplu bij zich gehad, hij droeg zoals

altijd zijn versleten leren jas, die was geen lepel suiker meer waard geweest, maar aan zijn lijf had hij er als huid uitgezien. Putzi ging schuil onder een regenponcho en liep zoals altijd vlak naast hem. Sjamasj nat. Ze had ze ingehaald, haar paraplu naar Richard toe, en zich vervolgens omgedraaid en was direct op de man en het kind en de hond afgelopen, bang voor de man, bang voor de hond, was vlak voor hem blijven staan en had gehaast gezegd: 'Ja. Dus. Ik heb ontdekt dat u schildert, heel bijzonder werk, en toevallig heb ik een muur waar een paar buitengewone doeken op moeten.'

'Ik schilder niet voor muren,' had hij gezegd.

'Maar diezelfde nacht was ik al bij hem,' vertelde ze.

Putzi had in haar bedje gezeten, ze speelde met medicijnbuisjes en at samen met Sjamasj de kattentongen van chocola die Tanja had meegebracht. Het kind wilde niet slapen, en Richard liet het erbij. Putzi haalde zich heus niets in haar hoofd, zei hij tegen Tanja. Hij zette een paar schilderijen tegen de tegenoverliggende muur. Ze mocht er twee uitkiezen. Als ze de ene betaalde, was de andere gratis. Ze was gelukkig geweest. En was sindsdien elke seconde gelukkig geweest. Ze had erop gestaan beide schilderijen te betalen.

'We zijn met elkaar naar bed geweest terwijl Putzi toekeek, en wat denk je, Monika, wat het eerste was wat hij na afloop tegen me zei?' Ik kon wel het een en ander verzinnen, maar wat Richard daadwerkelijk gezegd had, verbaasde me niet. 'Licht en blauwe lucht om te leven.'

'Een dichtregel,' zei ik, en omdat ik haar teleurstelling zag, loog ik. 'Die heeft hij verzonnen. Voor jou.'

Ze was nu in verwarring en ook wantrouwig tegenover mij. 'Misschien vindt hij me niet helemaal even leuk als zijn lieve Putzi,' zei ze. 'Maar wel bijna, toch?'

'Zeker, zeker,' zei ik en ik dacht: ze is precies de goede vrouw voor hem. Ze is voor hem gemaakt. Mijn broer heeft zijn wederhelft gevonden en zij de hare. Zij is zijn verstandige helft. En hij haar dwaze deel. Of omgekeerd. Geest van zijn geest. Hart van zijn hart. Of omgekeerd. Het deed me pijn.

'En hoe Putzi heet, het schatje, dat weet je?' vroeg ik, zo onvoorstelbaar terloops dat ik zelf haast geloofde dat het terloops was.

Ik hoorde Putzi buiten lachen en Sjamasj blaffen, kort als een droge hoest. Mijn vraag was voor iedereen gênant – allereerst voor Putzi, maar ook voor mijzelf, op een heel nare manier voor Richard, maar ook voor Tanja, en zelfs voor Sjamasj.

'Rosi,' zei ze.

Ik wenste dat de porseleinen kat in de boekenkast die Michael voor me had meegebracht uit Frankfurt haar bek zou opensperren en me met trouwring en pantoffels en al zou verslinden.

'Rosi,' zei ik haar na. Zonder uitroepteken, zonder vraagteken, zonder sarcasme, zonder wat dan ook. 'Ze heet Rosi, Putzi heet Rosi.' Ik wist dezelfde verslaggeverstoon te raken die Richard aansloeg als hij het over iets had wat waarde voor hem had. Al was dat maar mijn interpretatie. Ten eerste wist ik niet wat voor hem waarde had en ten tweede bevestigde het weliswaar mijn observatie, maar was het niet bewezen of zijn verslaggeverstoon hierop duidde, of het überhaupt ergens op duidde, en ten derde, of voor mijn broer überhaupt iets waarde had.

'En toen ik zag hoe hij met zijn dochter omgaat,' ging Tanja verder, 'toen kwam er bij mijn verliefdheid ook nog liefde. Dat wilde ik je vertellen, Monika.'

'Toen je zag hoe hij met zijn dochter omgaat.' Ook die zin herhaalde ik nu.

'Heb je,' vroeg ze, 'ooit een vader gezien die meer van zijn dochter houdt dan Richard van Rosi?'

Nee, zo'n vader had ik nog nooit gezien.

4

'Ik zou een seksscène willen verzinnen,' zeg ik tegen Michael. 'Vanuit Tanja's perspectief.'

'Je kunt je niet voorstellen hoe Richard seks heeft,' zegt hij, 'en dan wil je je voorstellen hoe Tanja het heeft?'

'Dat ze onder de dekens kruipt en haar gang met hem gaat. Dat ze hem het een en ander bijbrengt.'

'Bij jou thuis, in jullie huwelijksbed van toen?'

'Nee. Bij hem. Tanja vertelde dat ze meteen de eerste dag met elkaar naar bed waren geweest. Moet ik dat geloven?'

'Waarom niet? Dat deden wij ook.'

'Ze zegt dat Richard haar eerste *echte* man was. Jij was niet mijn eerste *echte* man en ik niet jouw eerste *echte* vrouw.'

'Dan zou je moeten weten wat ze met "echte" bedoelde. Als hij werkelijk haar eerste man was, dus dat ze nooit met iemand naar bed was geweest, dan zou ik niet weten waarom ze dat "echte" er nog bij moest zeggen. Dan was Richard gewoon haar eerste man.'

'Misschien zei ze het zomaar, zonder bijgedachten.'

'Ze is advocaat, dan moet je op elk woord letten.'

'Ze was zo gelukkig met hem,' zeg ik. 'Iedereen kon dat zien. Alles om haar heen was chaotisch, en toch zat er een kalme, gelukkige liefde in haar, dat zag ik aan haar, dat kon iedereen aan haar zien. Hoe ze zich bewoog, hoe ze met beide handen haar haar achterover deed – alsof ze het voor het eerst zo deed, dat het ook zin had. Als je gelukkig bent, heeft alles zin. Dat je je haar achterover strijkt zelfs. Daar kun jij niet anders over denken, ook al heb je haar amper gekend.'

'Ik denk ook dat ze gelukkig was,' zegt Michael. 'Maar wat bedoel je daarmee?'

'Hij was haar eerste echte man. Met "echt" bedoelde ze dat ze eerder nooit met een man naar bed was geweest met wie ze gelukkig was, *echt* gelukkig. Dus stel ik me voor dat haar geluk met seks te maken had. Dat is toch niet zo vergezocht.'

'Nee, daar heb je gelijk in.'

'En daarom zou het goed zijn om een seksscène te schrijven. Noodzakelijk eigenlijk, zelfs.'

'Maar het moet geen boek over Tanja worden.'

'Is het mogelijk dat zij bij de seks gelukkig was en hij niet? Als ik over haar geluk schrijf, schrijf ik ook over dat van hem. Of zijn ongeluk. Of dat het voor hem weinig betekende. Of helemaal niks. Dus gaat het ook over hem. *Hij* is met haar getrouwd. Ze was *zijn* vrouw. *Hij* haar man. Allemaal hij. Allemaal Richard.'

'Nou, schrijf dan!' zegt Michael. 'Schrijf een seksscène!'
'Misschien was ze zo bezien ook de eerste *echte* vrouw voor hem.'
'Ja, zo bezien misschien wel.'
'Ik schrijf het en wis het meteen weer. Ik stel het me allemaal heel precies voor. Tot ik het voor me zie. En dan wis ik het. Dat is het beste, denk je niet?'
'Dat is een mogelijkheid.'
'Alleen om te weten hoe het was.'
'Dat zou een mogelijkheid zijn.'
'Wat lees je op het moment?' vraag ik.
'Ik heb,' zegt hij en hij praat nu langzaam, alsof hij last heeft van ademhalingsproblemen, '*Pnin* van Nabokov gelezen... het is zo... uitvoerig... Nu ben ik in *Trots en...*' – hij begint midden in het woord te gapen, zijn gezicht vertrekt, ik herinner me Lorenz, onze zoon, toen hij klein was, of al niet eens meer zo klein, zes, zeven jaar, hoe hij met zo'n genot kon gapen, we benijden zuigelingen erom, om alle levensdrift die zich in een kleine halve minuut manifesteert, waarin hun lijfje kromt, de armpjes naar achteren buigen, het gezichtje vertrekt, Lorenz kon dat op zijn zevende, achtste ook nog, en zijn vader, ik zie het voor me, nu, kan het op zijn zeventigste nog – '*vooroordeel* begonnen... Ook ouderwets... maar niet zo uitvoerig... en lang niet zo grandioos als *Billy Budd* van Melville, wat ik voor *Pnin* heb gelezen... Heb je dat ooit gelezen? Dat moet je echt lezen!'
'Als ik klaar ben,' zeg ik, 'bekommer ik me weer meer om ons.'
'Geen probleem,' zegt hij.

'Dan ga ik nu verder.'
'Ja.'

5

Tanja was ondernemingsrechtadvocate. Mevr. dr. Tanja – en dan haar achternaam. Ik wilde het niet geloven. Ik wilde het niet in haar zien. Wat deed een ondernemingsrechtadvocate, wat onderscheidde haar van een normale advocate, wat deed ze, wat verdiende ze? Ten tweede stelde ik me zo'n vrouw anders voor. Niet gewoon anders, totaal anders.

'Hoe dan?' vroeg Richard.

Daar had ik geen antwoord op. Mijn vooringenomenheid was het eerlijke antwoord geweest. Bijvoorbeeld: niet zo'n pruilend poezenkopje in tegenlicht. Mijn vooringenomenheid zei dat zoals Tanja eruitzag, ze misschien secretaresse op een advocatenkantoor was, met nadruk op misschien. Ik schaamde me ervoor hoe snel ik naar mijn voorhoofd gebaarde, maar jaloezie is sterker dan een slecht geweten.

Ik wilde ook niet geloven dat ze drieënhalf jaar ouder was dan Richard. Wat leeftijd betreft stond ze dus tussen mijn broer en mij in. Dichter bij mij zelfs. Drie maanden, ik heb het uitgerekend. Ik schatte haar drie jaar jonger dan hij.

Ze werkte op een advocatenkantoor dat Dr. Rauch und Partner heette en dat gevestigd was in het beste deel van de Römerstraße, twee etages. Bij de entree hing een groot messing bord aan de gevel met dr. Rauch en de vier partners erop, hun naam en hun handtekening eronder, alleen hun bovenlichaam, gegraveerd naar een foto, met hun armen over elkaar en met een uitdagende blik. Tanja was de enige vrouw. Op de gravure droeg ze een bril.

Aan Richard als informant had ik niet genoeg. Hij was partij. Ik ging op onderzoek uit en hoorde dat Tanja inmiddels de rechterhand van dr. Rauch was en op haar collega's neerkeek omdat die niet gewetenloos waren, ze liet haar verachting niet voelen maar wel raden. Ze zou een uitzonderlijk geheugen hebben. Je kon een zachtaardige vrouw in haar zien, maar alleen aan de ene kant, alleen aan de ene kant.

Ik geef direct toe dat ik altijd en bij alle vriendinnen van mijn broer jaloers was. Een verwijt is gemakkelijk gemaakt. Wie had hij anders om op hem te passen? Onze zus Gretel vond dat hij oud genoeg was, hij had geen gouvernante nodig. Maar dat is ook gemakkelijk gezegd, niet meer dan een frase. Gretel hield onze broer op afstand. Hij was een gelukskind dat zijn eigen ongeluk schiep, zei ze. Ook dat is maar een frase. Een spreekwoord bijna. Spreekwoorden dienen ter kalmering van het geweten. Onze zus Renate, ze is twee jaar jonger dan Richard, was beslist oud genoeg om voor zichzelf te zorgen. Ze pakte haar koffers indertijd, op naar Berlijn! Zij zou niet ten onder gaan. Ze was zo nuchter als wat, als het ongeluk toesloeg, kreeg ze haar leven wel weer op orde. Zoals de duiven in het sprookje doen met die linzen. Ze was een slanke, mooie olijfboom. Geen storm, geen stortvloed, geen steenslag en geen hitte zouden haar omver krijgen. Ze zou altijd weer overeind komen en zo slank en mooi zijn als ze altijd was geweest. Gretel was de voorzichtigste van ons, dat was ze altijd geweest. Waaghalzerij noemde ze domheid. Tragedie noemde ze lotsbestemming. Als je het ene liet passeren, greep het andere je, of het greep je niet, het was hoe dan ook jouw schuld niet, dus hoefde je er niet over na te denken. Een jaar, niet langer, had ze in hippiesferen verkeerd, halverwege de twintig, ze was op bedevaart naar Marokko gegaan, had aan de lippen van een goeroe gehangen en was een tijdje bezield geweest. Ze had een glazen pijp meegebracht, en een dozijn gebatikte zijden shawls. Op wat patchoeligeur na was er niets van die periode overgebleven. Gretel was een hier-en-nu-type, om haar toekomst maakte ik me geen zorgen.

Maar Richard was de lieveling van onze vader en dat betekende dat hij ook de lieveling van onze moeder zou zijn geweest. Zij leefde niet meer en onze vader was verzonken tussen zijn boeken, zelfs het stof deerde hem niet, hij nieste het weg. Hij zat in zijn leunstoel, zijn gebreide vest tot de onderste knoop dichtgeknoopt, bladzijden om te slaan. Familie, dat waren alleen nog beelden in zijn hoofd. Voor zijn lieveling zorgen kon hij niet. Hij was te moe om het te willen. Het was voor hem voldoende dat Richard zijn lieveling was, meer dan dat mocht zijn zoon niet verwachten.

Wat kan een mens overkomen? Omdat ik zei dat Renate haar leven wel op orde zou krijgen als het ongeluk toesloeg, laat me het proberen: er overkwamen onze vader twee ongelukken, de oorlog en de dood van zijn vrouw. Beide had hij niet zelf gemaakt. Na geen van beide werd hij gekweld door schuldgevoel. Mijn broer Richard heeft al zijn ongelukken zelf gemaakt. Behalve de Engelse ziekte. Zijn benenwerk functioneerde niet zo soepel als bij de meeste andere mensen. Hij had het echter omgetoverd in een soort geluk, zijn speciale manier van lopen. Dat verhief hem boven de meeste andere mensen. Zo liep een nonchalant figuur, zo liep een soeverein mens, zo liep iemand die zonder gejeremieer met zichzelf alleen kan zijn. Hij was het voorbeeld, John Wayne was de navolger. De filmster is een navolging van de werkelijkheid, zo is het, zo moet het zijn. Wat was er van Richard geworden als dat ongeluksgeluk hem niet had geschampt? Had hij als baby te weinig zon gehad? Vanwaar dat tekort aan vitamine D? Hebben we hem te vaak met zijn gezichtje tegen ons aan gedrukt, waardoor de zon hem niet bereikte met haar stralen? Het is het ongeluk van de lievelingen dat we ze nog niet eens alleen willen laten met de frisse lucht.

Zoveel in Richards leven was zelfgemaakt ongeluk. Als ik zeg dat ik de enige was die dat in de gaten had, die zich dat ter harte nam, neem het me niet kwalijk. De helft van mijn jaloezie was bezorgdheid. Het is de bezorgde die zorg draagt en de bezorgde was ik. Wie van meet af aan al niet bezorgd is, zal ook nooit ter verantwoording worden geroepen. Als er iets met Richard zou gebeuren, zouden alle hoofden in mijn richting draaien en zou iedereen mij aankijken. Toen hij van de verschoontafel was gevallen, had Gretel me al aangekeken.

6

Tanja was 'beroepsmatig erfelijk belast', zei Richard. Haar moeder was advocate, haar vader notaris, haar tien jaar oudere broer ook advocaat. Persoonlijk, zo bevestigde hij hetgeen ik al had achterhaald, leerde je haar volstrekt anders kennen, in haar werk was ze 'keihard'. Hij stak er zijn onderkaak bij naar voren alsof hij het over een houthakker en diens vuisten had.

'Wat betekent "keihard"?' vroeg ik.

'In haar werk,' zei hij, en nu grijnsde hij als een gangster, 'kijkt ze door je heen alsof je ogen gaten zijn waar je zo een sinaasappel doorheen duwt. Zo groot.'

'Dat heb je niet zelf verzonnen,' zei ik.

'Dat zegt een collega van haar.'

'Ken je collega's van haar?'

'Ja. Hoezo?'

'Zeg dan hoe die collega heet!'

'Dat weet ik toch niet.'

'Je hebt het verzonnen, die collega heb je verzonnen en wat hij heeft gezegd ook! Je zit te liegen!'

In de periode waar ik het nu over heb werkte Tanja aan een casus over een merknaam, de details ken ik niet, die hebben me ook nooit echt geïnteresseerd. Twee bedrijven hebben dezelfde naam voor twee verschillende producten. Het ene bedrijf klaagt het andere aan. Wie heeft het recht, wie mag, wie mag niet. Ik heb het maar van horen zeggen, van Richard. Tegen mij wilde Tanja er niets over kwijt, dat mocht niet, zei ze. Met een schuchtere, verontschuldigende blik. Maakte ze zich anders op als ze naar haar werk ging? Misschien wel Egyptisch. Of helemaal niet, om haar tegenstander in te schatten? In haar vakgebied, aldus Richard, was het 'serieus poen harken'. Haar doel was trouwens om op een dag een eigen arbitragekantoor te beginnen. Dan begon het grote geld verdienen pas echt. Het enige wat je nog hoefde te doen was vriendelijk zijn, naar de ene kant vriendelijk en naar de andere kant vriendelijk, en hard zijn, naar de ene kant hard en naar de andere kant. Tanja kon allebei. Een gespreid bedje in wezen. Zelf vond hij het een geruststellende gedachte dat hij een vrouw in het vooruitzicht had die iets van geld begreep.

Op een dag, de milde meimaand was al halverwege, op een zonnige avond, klonk er op het plein voor Richards huis getoeter, hij keek uit het raam, Putzi, al in pyjama, op zijn arm, stond er een boterbloemgele sportwagen beneden, de zwarte kap open, Tanja aan het stuur, ze zat naar hem te zwaaien. Het was een cadeau. 'Een cadeau voor ons.' Richard wist niets anders te verzinnen dan: 'Waarvoor precies?' Aanvankelijk dacht hij nog dat hij zijn verjaardag misschien vergeten was, maar zo ver heen was hij nog niet, zijn verjaardag was, net als de mijne, in oktober.

'Zomaar,' zei ze.

'Zomaar,' zei hij.

'Zomaar,' zei Richard tegen mij, 'ze heeft een sportwagen gekocht. Geen tweedehands, een nieuwe. Omdat het eindelijk zin had.'

'En wat bedoelt ze daarmee?' vroeg ik.

'Omdat ze eindelijk een vriend heeft. Eindelijk een echte vriend.'

'En dat ben jij?'

'En dat ben ik.'

'En verder?' vroeg ik.

Ze hadden een tochtje gemaakt, vertelde hij. Putzi in pyjama en op de sloffen met de gespen die ze overal mee naartoe nam, naar de drukkerij en als ze bij mij op bezoek kwam. Een tochtje door de bergen. Door het Bregenzerwald, dwars erdoorheen, dan de bergen in naar Lech en daar avondeten in Hotel Krone. Met Putzi en Sjamasj. Tanja was zo zorgzaam geweest dat ze meteen een kinderstoeltje bij de auto had besteld en zo zakelijk dat ze het zo had weten te draaien dat ze hem er gratis bij had gekregen. Putzi wilde niet met open kap rijden en de hoofddoek wilde ze ook niet. De wind blies in haar gezicht en als ze iets zei, kon Richard haar niet verstaan. Ook Sjamasj voelde zich niet op zijn gemak. Dus zette Tanja de auto stil, drukte op een knop op het dashboard en de kap sloot boven hun hoofden. En ze mopperde niet. 'Alles zoals jullie het willen. Alles wat mijn schatjes wensen.' Richard vroeg of hij mocht rijden. Hij had inmiddels zijn rijbewijs gehaald, zei hij. Ze geloofde hem niet, maar liet hem achter het stuur. Hij scheurde twintig kilometer harder over de landweg dan was toegestaan, ze werden geflitst en Tanja kreeg een week later een strafbeschikking toegestuurd. Hadden haar schatjes zin om in Lech te blijven slapen? Een vijfsterrenhotel. Nee, dat hadden haar schatjes niet.

Aan de telefoon vroeg Richard of ik me hem als huisman kon voorstellen. Ik wist direct wat hij bedoelde en zei: 'Nee, dat kan ik niet.' Maar ik dacht: huisman zou ideaal voor hem zijn. En ik zuchtte opgelucht. En ik zuchtte bedrukt.

7

In juli trouwden Richard en Tanja. Op 21 juli 1978, een vrijdag. Een week nadat mijn man en ik gescheiden waren.

Richard nam ontslag. Zijn baas was sprakeloos. Waarom? Was hij soms boos op hem? Of had het met die loonsverhoging te maken, omdat die lager was uitgevallen? Richard, zonnebril pontificaal op zijn neus, zei dat zijn loonsverhoging helemaal niet was uitgevallen. Daar viel over te praten, zei zijn baas. 'Richard!' waarschuwden zijn collega's. Bij zijn ontslag droeg hij een wit pak. Een cadeau van Tanja. En witte tennisschoenen en een wit overhemd en een witte hoed over zijn lange bruine krullen en hij rookte sigaretten in een pijpje. Tanja had vliegtickets naar Athene gekocht. Verrassing! Lekker eilandhoppen. De tickets verliepen. Omdat Richard niet zonder Putzi op reis wilde. En met haar kon niet. Hij had zich namelijk gerealiseerd dat Putzi helemaal niet zijn dochter was. Dat ze niet op zijn paspoort bijgeschreven was en ook geen eigen paspoort had. En dat alles aan het licht kon komen.

Tegen Tanja zei hij: 'Ik heb vliegangst.' En dat hij zeeziek zou worden. En in augustus was het te warm in Griekenland. En hij kon niet tegen zoveel zon.

Ze was teleurgesteld. Maar niet lang. En verder niks. Geen verwijten.

Wat je je niet kunt voorstellen als je het niet zelf hebt meegemaakt: het was nu al bijna een jaar geleden, of nog langer, dat Kitti was verschenen om Putzi bij Richard te 'stallen'. Dat woord had ze werkelijk gebruikt. 'Een paar dagen maar, hooguit een week.' En wat je je nog minder kunt voorstellen als je er niet zelf bij bent geweest: dat wij, Richard en ik, mijn eerste man en ook Michael, Oliver en Undine er op een gegeven moment niet meer over praatten.

Richard was het snelst met vergeten. Een maand nadat Kitti was afgestoomd zei ik nog: 'Richard, je moet iets doen! Ga naar de kinderbescherming!' Daar hadden ze al zoveel voorbij zien komen, praatte ik op hem in, ook heel andere gevallen, hij kon ze alles vrijuit vertellen. Hij vroeg of hij er ook een verzoek tot adoptie kon indienen, want jawel, dat was wat hij wilde, Putzi adopteren. Hoe kan een mens zo naïef zijn! Een woesteling was hij, een woesteling die buiten de menselijke wet stond. Een indiaan die met zijn wolf in een tent woonde en op slangen en sprinkhanen leefde en 's nachts rond zijn vuur danste en tegen de sterren jodelde. Hij hield van Putzi en Putzi hield van hem en haar moeder hield niet van haar, anders zorgde die wel voor Putzi, dus zou hij haar krijgen. Een natuurwet. Punt. Zo dacht hij – een man die een strafblad had wegens marihuanabezit. Die niet eens wist hoe Putzi werkelijk heette. De beschermer van een kind dat zelf niet wist hoe het heette.

Maar hij was de beste vader.

Putzi leefde met hem samen. Ze leefde niet *bij hem*, ze leefde *met hem samen*. Ze waren een team. Ze deden al hun werk samen. Hij kookte, zij schepte op. Hij ruimde de tafel af, zij poetste hem – ze had er een speciale doek voor en sproeide eerst glasreiniger op het tafelblad. Hij waste af, zij droogde af. Hij ruimde de servieskast in, zij de bestek-la. Hij nam stof af, zij schoof op een natte dweil over de vloer. Het huis was schoon, opgeruimd en rook fris. Hij vette de schoenen in, zij wreef ze met een oude doek op. Na het opstaan ochtendgymnastiek, de kaars, de brug. Er mocht gelachen worden. 's Avonds voor het naar bed gaan tandenpoetsen en de kleren alvast klaarleggen. Er mocht gelachen worden. Hij deed het dekbed in het overtrek, zij het kussen. Ze deden het hetzelfde: eerst haalden ze het overtrek binnenstebuiten, dan staken ze hun handen in de hoeken, pakten het dekbed of het kussen bij twee hoeken en trokken het overtrek eroverheen. Soms keek ik toe hoe ze het huishouden deden. Hun gezichten serieus, hun handbewegingen afgemeten en precies, er werd alleen het hoogstnodige gezegd.

Putzi kon inmiddels lezen en schrijven – een beetje lezen en een beetje schrijven. Voor ze naar de winkel gingen, dicteerde Richard het boodschappenlijstje: 'Wortels.' Putzi schreef: 'WOTEL'. – 'Melk.' – 'ELMK'. – 'Boter.' – 'BOTE'. In de supermarkt zette hij haar in het winkelwagentje en legde de spullen om haar heen. Hij kocht meer dan ze nodig hadden, veel meer, omdat Putzi het zo leuk vond als ze na verloop van tijd tussen havervlokken, rijst, jam, wc-papier, appels, bananen, kaas en worst verdween. Haar bruine wangen glommen en haar mond ging wijd open en toonde haar schare parels. Buiten stak hij een vrolijke salamiworst in haar rugzakje, de andere spullen laadde hij in de kinderwagen. De mensen zagen de man en het meisje die ze elke dag zagen, zoals ze naast elkaar liepen en hun dag met elkaar bespraken.

Hun dag was serieus en gewetensvol. Meestal nam hij Putzi mee naar zijn werk, waar ze kleine taakjes kreeg – een oliekannetje ergens naartoe brengen, de lege kartonnen koffiebekertjes in de papierbak gooien, het blikje met sigarettenpeuken in de kleine prullenbak gooien en de stagiair vertellen dat hij de kleine nú in de grote moest legen. Tijdens de lunchpauze zat ze in haar overall op een kist haar brood te kauwen en keek toe hoe de anderen het hunne kauwden.

Soms was ze 's ochtends bij me in de winkel. Ze was dan helemaal stil en speelde met de pop die ik er voor haar had klaarliggen. Ze wilde de pop niet meenemen naar huis. Af en toe zei ze zachtjes: 'Papa.' Als de winkelbel rinkelde, zei ze: 'Papa.' Als Richard haar eindelijk kwam ophalen, huppelde ze hem tegemoet en kwebbelde ze erop los terwijl ze hem aan zijn broekspijp trok.

Samen ontwierpen en tekenden en schreven ze een kinderboek. Zij leverde de ontwerpen, hij voerde ze uit. Richard was ervan overtuigd dat het een groot succes zou worden. 'Net als *De kleine prins*!' Hij opende een spaarrekening voor Putzi, voor de helft van de royalty's. Hij liet met een periodieke overschrijving elke maand twintig schilling op haar rekening overmaken, toekomstig zakgeld. Hij had speciaal een geheime rekening aangevraagd, vertelde hij, zodat de belastingdienst haar niet meteen de helft afhandig zou maken als het geld eenmaal flink begonnen te rollen. Wachtwoord: SJAMASJ. Terwijl hij met de bankbediende onderhandelde zat Putzi op de balie, de balpen stevig in beide handen, de duimen omhoog, nu eens de ene man aankijkend, dan weer de ander, nu eens haar glanzende oogappels aan de ene tonend, dan weer aan de ander.

Ik zei: 'Richard! Je kunt dikke problemen krijgen! Het is haast ontvoering! Kitti zal beweren dat je Putzi ontvoerd hebt. Ze zullen haar niet geloven, maar ze zullen Putzi van je afpakken en haar in een tehuis stoppen.'

Ze moesten het eens proberen, zei hij. Bij de toon van zijn stem begon Sjamasj te grommen.

En op een gegeven moment was ik er ook aan gewend. Ik had het er niet meer over. Als iemand die ik vluchtig kende me vertelde dat hij mijn broer met zijn dochter had zien lopen, zij met een salami in haar rugzakje, dan zette ik de dingen niet recht. Michael had het er ook niet meer over. Oliver ook niet. Undine ook niet. Ze zeiden: 'Vanavond komen oom Richard en Putzi.' Of: 'Zullen we oom Richard en Putzi weer eens uitnodigen?' Alsof ze werkelijk vader en dochter waren. Of het inmiddels geworden waren.

Zo ging dat.

En nu, een dag na de trouwerij, zei Tanja tegen Richard: 'Ik zal achter die adoptie aangaan.' Ze vroeg niet of hij het goedvond. Waarom ook niet.

8

Tanja had tot haar huwelijk bij haar ouders gewoond. Maar ze had een eigen huis. Op de helling van de Pfänder, dat was de chicste buurt, haast zoals aan de Rivièra. Met uitzicht op het meer. Picobello ingericht. In een villa met appartementen. Je deed de deur open en was thuis. Een terras van vijftig vierkante meter. Twee badkamers. Een luxe keuken. Een slaapkamer, twee kinderkamers, een split-level woonkamer. Beukenhout, melkglas, staal. Ze had er maar een paar keer geslapen. Nu ging ze er wonen, en Richard en Putzi moesten dat ook doen.

'Doe het niet,' zei ik tegen hem.

Maar hij deed het toch.

Wij waren uitgenodigd voor het feest, Oliver, Undine, Michael en ik. Een cateringbedrijf had alles uit de kast gehaald: zalm, garnalen, kalfsmedaillons, guacamole, puree met truffel, vanillecrème, citroencrème, maracujacrème, zwarte en witte chocolademousse, Portugese puddinggebakjes, vruchten die ik nog nooit had gezien, wijnen die ik nog nooit had geproefd. 'Alles voor mijn lievelingen.' Dat waren wij ook, Richards aanhang. Tanja was geen danser, ze deed wat Richard zei, ze vond het leuk zich om te draaien en ondertussen over haar schouder te kijken. Richard zette tien keer achter elkaar dezelfde plaat op. Putzi sprong mee en zong 'In de reen en snoo'. En toen moest ze hoesten en gaf ze over op het parket. Ze liep meteen weg, haalde een handdoek, ze wist al waar de handdoeken lagen, klom op de stoel in de keuken, ze wist al hoe de moderne kraan werkte, maakte de handdoek nat en veegde haar braaksel weg.

Richard vroeg of ze Tanja aardig vond en Putzi zei: 'Ja, omdat ze kattentongen voor me meebrengt.'

En toen zei ze: 'Papa, wanneer gaan we weer naar huis?'

Richard heeft een huwelijksschilderij gemaakt, kort voordat hij trouwde. Hij gaf het aan Michael. Omdat hij getuige was. En ter verzoening. Ik was de vrouwelijke getuige. 53 bij 76 centimeter, staand formaat, een zwartgelakte lijst. Het schilderij hangt tegenwoordig bij ons in de strijkkamer. Op de achterkant staat, met potlood geschreven: 'Gelukkig?'

Een huwelijkspaar wacht voor het huis, bruid en bruidegom staan er kloek bij, alsof ze er al een hele tijd staan. Rechts en links van hen een zoom bloemen. De bruid draagt een witte jurk met een sluier. Tranende ogen kijken me aan, mij en jou. De bruidegom ziet eruit als Ringo Starr, hij heeft een snor, aan de punten naar beneden gedraaid. Hij draagt een zwart rokkostuum met een versierd revers, hij lijkt zo van een Beatles-hoes gesprongen, van *Sgt. Pepper's Lonely Hearts Club Band*. De versieringen op de revers zijn met een heel fijn penseeltje geschilderd, glanzend zwart op matzwart. Met een vergrootglas herken ik letters in spiegelschrift. Schijnbaar lukraak verstrooid. Ik kan hun betekenis niet ontcijferen. De bruid houdt haar boeket opzij, het zijn maar een paar stelen met schraalrode bloemkelken. Op eentje, ook weer met een haarfijn penseeltje geschilderd, zit een vlieg, minuscuul groen iriserend. Achter het paar, boven hem, staan twee volwassenen, zichtbaar vanaf de heup, niet duidelijk wie de man is, wie de vrouw. Tussen beiden zit een kind klem, het lichaam afgewend maar de blik recht vooruit, zoals altijd, zoals alle mensen op Richards schilderijen, de ogen op mij gericht en op jou. Naast de drie opnieuw een bloemenboordsel. Het stuk van het huis erachter is vaal lilagrijs, naast de voordeur bevinden zich twee ramen, op de eerste verdieping drie ramen boven het groepje van drie. Bij een van de ramen is het gordijn een eindje opzijgeschoven. Met het vergrootglas meen ik een gezicht te herkennen. Maar het kunnen ook oneffenheden van de penseelstreken zijn. De tweede verdieping is licht citroengeel gehouden met geometrisch geplaatste zwartbruine balken, erop gespijkerd, lijkt het. Je kunt in die balken delen van letters zien. Een R. Een B. Een S. Ook weer spiegelschrift. Of inbeelding. De voordeur is donkeroranje met een rond raam in het midden. In het raam, middelgrijs op donkergrijs, zie ik een hand. Dat is geen inbeelding. Twee gespreide vingers. Er is iemand binnen.

Terwijl wij anderen ons best deden de herinneringen aan Kitti uit te wissen, ging Tanja op onderzoek uit. Ze ontdekte waar Kitti uithing. Ze zou in Wenen zitten. En soms ook in Graz. Ze leefde samen met een man, maar was niet getrouwd. Ze zou nog een kind hebben. Dat laatste wisten we wel, we hadden het Tanja alleen niet verteld. Ik deed alsof ik verbaasd was. Alsof ik verbaasd was over Kitti's verdorvenheid en over Tanja's rechercheurstalent. Tanja had het er niet over met Richard, maar met mij alleen. Ik moest hem het nieuws brengen, maar niet vertellen hoe ik eraan kwam. Ze was bang dat hij kwaad zou worden. Omdat ze in zijn leven rondneusde.

'Jullie hebben nu toch een gezamenlijk leven,' zei ik. 'Het is Richard gelukt.'

'Ik weet niet,' zei ze. Ze was niet op haar hoede, ze had hartzeer en liet de tranen over haar oogleden rollen. De oorzaak: Richard had het huis waar hij dusver had gewoond niet opgegeven.

'En wie betaalt de huur?' vroeg ik.

'Hij.'

'Heeft hij werk verkocht?'

'Van zijn spaargeld.'

Ik wist niet dat Richard spaargeld had.

'Hij spaart ergens voor,' snikte ze. 'Wat is dat nou, dan ben je getrouwd en dan spaar je ergens voor! Spaar je niet samen als je getrouwd bent?'

'Vraag je dat aan mij?' vroeg ik.

Ze depte haar oogleden met een zakdoekje droog en keek me aan op een manier die me deed denken aan die sinaasappels en de gaten in mijn hoofd. 'Maar ter zake,' zei ze.

Ik zei: 'Wat wil je met Kitti aan, Tanja?'

Ze zei: 'Als ze weigert Rosi over te dragen, dan maken we haar kapot.'

'Wie maakt haar kapot?'

'Mijn broer, mijn moeder en ik.'

'En hoe gaan jullie dat doen?'

'Dat, Monika, wil je liever niet weten.'

9

Ik heb geen last van verkleindwang, maar op mijn verjaardagen was ik nooit helemaal zeker of gewoon om negen uur naar bed gaan genoeg was om alle onheil mee af te wenden. De dag had dan nog altijd drie uur over om me iets aan te doen. Of de wereld iets aan te doen. Dat kon immers ook nog. Een bergverschuiving, een blikseminslag in een elektriciteitscentrale, een wolkbreuk, een trein die ontspoort, een oorlog die uitbreekt, een brand die uitbreekt, een dodelijke ziekte die uitbreekt, een werkgeversvoorman die wordt doodgeschoten. En dan was het mijn schuld. Zoals het mijn schuld was geweest toen Gretel opeens had geschreeuwd, naar haar hoofd had gegrepen en van pijn had gekronkeld, een kwartier lang, en niemand had geweten wat het was. Bij tante Kathe in de huurkazerne voor Zuid-Tirolers waren ze mijn verjaardag vergeten, twee keer achter elkaar zelfs. De eerste keer was het niemand opgevallen, en ik was bang tot ik 's avonds was ingeslapen. De volgende dag was ik nog steeds bang, nog erger zelfs. Dat tante Kathe of Gretel het zich zouden herinneren en zich schuldig zouden voelen, dat zou mijn schuldgevoel verdubbeld hebben. De derde dag was ik opgelucht. Alsof ik was vrijgesproken. Een jaar later vergaten ze mijn verjaardag weer. Maar 's middags werd er aangebeld en stond een winkelmeisje uit de kruidenierszaak een straat verderop voor de deur. Of hier ene Monika Helfer woonde, die moest aan de telefoon komen. Het was Richard, de zesjarige Richard. Tante Irma had het nummer van de kruidenierszaak in het telefoonboek opgezocht en gevonden, zij was me niet vergeten. Richard zong: 'Fijne verjaardag voor jij, fijne verjaardag voor jij.' Ik zei geen woord en hing op. Thuis vroeg tante Kathe waar het voor was geweest. Ik zei: 'Een vergissing.' Michael zegt dat er op mijn verjaardag ook goede dingen gebeuren. Zo had Bob Beamon toen ik eenentwintig werd 8,90 meter gesprongen op de Olympische Spelen in Mexico. Maar op mijn tweeëntwintigste verjaardag was Richard van school gestuurd omdat hij maar liefst twee weken had gespijbeld en een vervalste absentiebrief van onze vader had ingeleverd. De klassenleraar vergeleek de handtekening met de andere handtekeningen, de echte, toen was het duidelijk. Ik kon goed handtekeningen namaken, Richard had me gevraagd het te doen, maar ik had het niet gedaan, toen maakte hij hem zelf na en was hij erbij.

Op mijn eenendertigste verjaardag kwamen Richard, Tanja en Putzi weer bij ons op visite. We woonden toen nog in Bregenz. Ons toekomstige huis twintig kilometer ten zuiden van de stad, Michaels ouderlijk huis, werd verbouwd. We hadden ook een goede vriend uitgenodigd, Hubert, ik zal nog over hem vertellen.

Toen iedereen er was – Michael legde zijn hand op mijn schouder, Oliver zocht de fopspeen voor Putzi, Undine duwde haar hoofd in mijn schoot, Sjamasj lag aan Putzi's voeten, Richard bevond zich vlak bij Tanja's mond, Hubert trommelde met zijn vingers op tafel –, hoorden we eerst een motor janken en vervolgens een knal. Ik weet niet hoelang. Ik weet niet hoelang het stil was. Toen hoorden we een meisjesstem. 'Mama! Mama, help, mama!' En toen was het weer stil. We hoorden een buurman roepen. Wat er aan de hand was. Hubert liep naar de telefoon. Niet veel later hoorden we de sirene van de ambulance.

V

Veel goeds, weinig slechts

I

Op oudejaarsdag maakten Richard, Putzi en Sjamasj een boswandeling – het was de winter dat het zo sneeuwde, een keer zelfs rode sneeuw, omdat er Saharazand doorheen zat. Waar het anders stil was, klonk nu vuurwerk, en Putzi vroeg: 'Papa, wat is dat?'

'Dat doen ze om de kwade geesten te verdrijven,' antwoordde Richard.

'Wat zijn kwade geesten?'

'Die hun broek vol hebben.'

'Wat is broek vol?'

'Dat is een omgekeerde bierfles.'

'Dan gaat het bier eruit.'

'Als er bier in zit.'

'Zit er bier in?'

'Ja.'

'En maakt dat zo'n lawaai? Dat geloof ik niet.'

'Ik ook niet. We geloven het allebei niet, nee, Putzi, jij en ik geloven dat niet.'

'En wat is het echt, papa?'

'Dat doen de kwade geesten zelf, omdat ze de mensen willen verdrijven.'

'Maar ons niet.'

'Nee, ons niet.'
'Waarom niet?'
'Omdat de kwade geesten ons aardig vinden.'
'Waarom?'
'Omdat wij een hond hebben waar ze bang voor zijn.'
'Bijt Sjamasj de rare geesten?'
'Niet de rare geesten, maar de kwade geesten.'
'En de rare geesten, wat doen die?'
'Die maken geen lawaai.'
'Waarom niet?'
'Omdat die geen pijlen hebben en geen rotjes.'
'Waarom hebben die geen pijlen en geen rotjes?'
'Zij verkopen de pijlen en de rotjes, en dan hebben ze ze niet meer.'
'Ik weet niet helemaal wat pijlen zijn, en rotjes weet ik ook niet helemaal.'
'Ik ook niet.'
'Waarom jij ook niet, papa?'

Waar het bos dicht was konden ze goed lopen met hun hoge schoenen, en eerst liepen ze nog op een pad, dat was gebaand. Richard had de uiteinden van hun broekspijpen met een stuk touw om hun schoenen gebonden, om die van hemzelf en die van Putzi. Putzi was een geoefend wandelaar, zodra Richard tijd had, waren ze op pad, het liefst in het bos. Het liefst buiten de paden. Op lichte plekken lag veel sneeuw, die kwam tot halverwege Putzi's anorak. Sjamasj maakte sprongen, soms verdween hij en wroette hij onder de sneeuw een tunnel, en Putzi riep hem na. Dan dook hij op, helemaal onder de sneeuw, zelfs in zijn bek had hij sneeuw. Ze vonden het een tijdje leuk, maar toen werd het te vermoeiend en gingen ze lopen waar de sparren dicht bij elkaar stonden, sommige takken hingen zo laag dat ze moesten bukken. Putzi botste tegen een stam, waardoor er een hoopje sneeuw op haar viel, er stond een hoge witte punt op haar muts. Sjamasj blafte en het klonk als lachen en Putzi lachte ook en gooide sneeuw naar hem.

Het was nog licht, inmiddels waren ze zo diep in het bos dat ze het knallen in de stad, een eind onder ze, niet luider hoorden dan het kraken van de sneeuw en hun adem. Richard had in zijn rugzak een thermosfles met warm frambozensap en in aluminiumfolie verpakte pizzapunten, een fles water voor Sjamasj en ook in aluminiumfolie gewikkelde vleesresten van de slager, Putzi had in haar rugzak twee plastic borden en twee plastic bekers en een plastic schaal en papieren zakdoeken voor vieze monden en eventueel vieze billen, en een pakje speelkaarten. Midden in het dichte bos gingen ze naast elkaar zitten, Sjamasj in het midden, op een tafelkleed van wasdoek dat Richard over zijn rugzak had gebonden. Ze trokken hun wanten uit en aten en dronken. Richard rookte een kleine joint, die had hij vooraf thuis gedraaid. Putzi haalde de speelkaarten uit haar rugzak, gaf zichzelf en hem elk negen kaarten.

'Eén potje jass is wel genoeg,' zei ze.

Ze speelden zwijgend. En toen gingen ze weer verder.

Putzi had nog maar drie of vier keer in het prachtige huis van Tanja geslapen en dan niet in haar eigen kamer, maar in het grote bed van Richard en Tanja, en niet tussen hen in, maar helemaal aan de rand naast Richard. Ze had de hele nacht zijn hand niet losgelaten. Sjamasj lag voor de deur te janken. Ze wilde geen beesten in haar slaapkamer, zei Tanja.

En: straks, in het nieuwe jaar, moest Richard bij zijn vrouw in hun gezamenlijke huis slapen en niet in zijn oude huis. Dat was precies hoe Tanja het had geformuleerd: 'Je moet straks in het nieuwe jaar bij je vrouw in ons gezamenlijke bed slapen.' Ze zei niet 'bij mij'. Zo klonk het als een rechtvaardig oordeel: niet alleen ik wil het, de hele wereld wenst dat het zo gaat. En wat was ertegen in te brengen? De slaapkamer had een groot raam met uitzicht op het meer, de volledige breedte van de kamer besloeg het, het bood elke dag iets nieuws, schepen, meeuwen, golven, wolken, condensstrepen, zonsondergangen, 's nachts de maan, de sterren, satellieten, vallende sterren, fonkelende vliegtuigen. Het behang was fluwelig lichtgroen, een prettige aanblik, het bed van pitriet, degelijke koloniale stijl, op de vloer donker parket. Richard had er een compromis uitgesleept. Goed, hij zou blijven met oud en nieuw, ook bij het gezamenlijk proosten om middernacht. Maar dan zou hij wel met Rosi – hij noemde Putzi alleen zo als ze niet luisterde – een lange oudejaarswandeling maken, zij tweetjes met Sjamasj. Tanja was graag als vierde meegegaan. Richard moest beloven dat hij dat jaar zijn oude huis niet meer zou betreden.

'Hoe bedoel je, oude huis?' had hij gevraagd.

2

Ze hadden Sjamasj thuis moeten laten. Hadden ze het maar gedaan! Maar ze hadden Sjamasj niet thuis kunnen laten. Want waar was Sjamasj' thuis? Naast Richard en Putzi en verder nergens. Eerst was hij Richard achternagelopen, was blijven staan als de man was blijven staan, en was verder gedraafd als de man verderliep. Op een gegeven moment was Richard blijven staan en had hij zich niet meer heimelijk naar het dier omgedraaid, maar was tegenover hem gaan staan en had gezegd: 'Kom hier of scheer je weg!' Toen was de hond gekomen en was naast hem komen staan, vlak naast zijn rechterbeen. Zo was het hem bijgebracht in een tijd die hij zich niet herinnerde, door een man die hij zich niet herinnerde. Borstelig was hij, en bepaald niet statig. Toen zijn nieuwe baasje zich naar hem vooroverboog, likte hij hem met zijn tong over zijn wang en hij vond het geweldig dat die hem de naam van een Babylonische zonnegod gaf.

Oudejaarsdag – ik hoor het hem nog zo zeggen, onze oom Lorenz declameerde het alsof het een spreekwoord was: 'Oudejaarsdag is een geluksdag voor stropers.' Hij wist waar hij het over had. Op oudejaarsdag gaat er geen normaal mens het bos in, overal klinkt geknal, dus een schot valt niet op, de reeën zijn hongerig en onvoorzichtig, alle fantastische voornemens vallen onder verantwoordelijkheid van het nieuwe jaar, en goede voornemens hebben toch alleen kans van slagen als je genoeg te vreten hebt. Richard vertelde me later dat hij de voetsporen in de sneeuw wel had gezien, hij had zich niet verbaasd, zich alleen afgevraagd wie het was, wie er buiten de paden wandelde, een gedachte die direct weer weg was geweest. Toen ze nog in de buurt van de stad waren, was Sjamasj in de greep van zijn angst, hij schrok van het geknal, hij liep terug, weer vooruit, weer terug, hij hijgde en sidderde en blafte op de krasserig-schorre manier die verried dat hij bang was, zich onberekenbaar kon gedragen tegenover vreemden, en hij keek steeds weer op naar Putzi en naar Richard. Of die ook bang waren. Bij harde knallen bleef hij staan, maakte zich klein, kronkelde voor Putzi's voeten en kalmeerde pas als ze bij hem neerknielde en hem met beide armen tegen zich aan drukte, dan kwispelde hij dankbaar en likte haar. Zodra er geratel als van machinegeweervuur losbarstte, sprong hij op, Putzi was er ook bang voor, en kind en hond zochten Richards benen en struikelden over zijn voeten. Putzi riep: 'Papa, zorg dat het ophoudt!' Hij gaf direct toe dat hij ook bang was, zei Richard. Het had geklonken zoals hij zich voorstelde hoe een oorlog klonk. Waarom wilden de stadsbewoners die dag oorlogje spelen? Boven in het bos kalmeerden ze, het gebulder in de verte was nu alleen nog belachelijk. Het bos was hun niet vreemd of vijandig.

Putzi had de hondenborstel meegenomen, die nam ze bij al hun uitstapjes mee. Richard had in de zomer met een pincet een teek uit de binnenkant van haar arm getrokken, en in Sjamasj' vel hadden er wel drie gezeten. Ze moesten hem na elke wandeling in het bos of door het weiland stevig borstelen, had hij gezegd, en had nog diezelfde dag in de dierenwinkel tegenover de bibliotheek van de Kamer van Werknemers een goeie borstel gekocht, de haren hard als staaldraad. Putzi dacht dat ze beter niet konden wachten tot ze weer thuis waren, maar meteen buiten, nog in het bos of het weiland moesten borstelen. Ze nam de borstel overal mee naartoe, ook als ze bij mij kwamen, en ze zorgde er goed voor, er zat geen haar in, geen vuil. Sjamasj hield van het borstelen, hij hield zich stil en koerde als een duif en met bewegingen van zijn kop, zijn romp en zijn poten stuurde hij Putzi's handen naar de plekjes waar hij het het fijnst vond.

Ook die oudejaarsmiddag boven in het bos vergat ze haar taak niet. Putzi hield van taakjes. Hoewel ze niet precies wist wat dat waren.

Na hun pauze liep Richard verder. Putzi riep hem na: 'Ik moet hem nog borstelen!'

'Dat is in de sneeuw niet nodig,' bromde hij terug. 'En in de winter zijn er geen teken. In de winter sneven de teken,' zong hij, 'sneven de teken, sneven de teken!'

'Het moet toch,' riep ze hem na, ze haalde de borstel uit haar rugzak, sloeg een arm om Sjamasj heen en wreef de sneeuw van zijn vacht.

Richard liep verder, hij kon Putzi en Sjamasj laten begaan, hij vertrouwde ze, hij was niet hun baas, ze waren vrienden, partners, en ze hoefden ook alleen maar zijn spoor te volgen. Hij had ze verteld over wolfskinderen die in de wildernis waren opgegroeid, over het Litouwse berenkind, over Wilde Peter uit Hamelen en over Kaspar Hauser, hij had hond en kind *Jungleboek* voorgelezen en *Pit-Tah, de grijze wolf* van Jack London, hij vertrouwde erop dat ze zich overal wel zouden redden. Al hoefden ze dat niet, hij was er, en in geval van nood was de beschaving er ook. Maar je kon doen alsof je een indiaan of een Berber of een wolfskind was, dan was het 's avonds thuis des te gezelliger. Algauw was hij verdwenen tussen de bomen.

Na een tijdje gingen Putzi en Sjamasj achter hem aan. Sjamasj was sneller, hij schoot weg door de sneeuw, Putzi ploeterde achter hem aan. Algauw zag ze ook de hond niet meer. Maar ze maakte zich geen zorgen, en daar was ook helemaal geen reden toe. Precies op het moment dat ze Sjamasj uit de sneeuw zag opspringen, hoorde ze het schot. Sjamasj leek te vliegen, het zag eruit alsof zijn uitgestrekte lijf in de lucht stilstond, zijn voorflanken in een mist verdwenen die ze niet kon verklaren. En toen viel de hond en verdween hij. Putzi riep zijn naam, ze riep tot ze schor was. Ze kwam maar moeizaam vooruit, gleed uit, zakte weg in de sneeuw, lag op haar rug en zag boven zich alleen maar wit. Ze huilde, kroop door de sneeuw en bereikte de hond en liet zich naast hem vallen. Richard kwam aangerend, bij elke stap hief hij zijn benen hoog boven de sneeuw uit. Ook hij viel.

Alleen de kop van de hond stak boven de sneeuw uit, verder was er niets van hem te zien, en zijn kop was opengescheurd. Zijn oor weg, een oog weg. Richard zag een man, minder dan twintig meter van hen af, zwart afstekend tegen het licht dat uit het westen in het bos viel, een grote man was het, hij stond rechtop, een puntmuts op zijn hoofd, zijn geweer nog altijd in de aanslag. Een seconde was het stil, toen schreeuwde Richard, hij brulde, de man liet zijn geweer zakken, hij verstarde een tweede seconde en liep weg. Ook Putzi schreeuwde. Hun stemmen weerkaatsten tegen de rotsen boven hen.

3

Het hele eind naar huis droeg Richard de hond, als een ziek kind had hij hem in zijn armen, over zijn schouders als een buit, naast zijn rugzak. Putzi jammerde en ging steeds weer op straat zitten.

'Papa, maak Sjamasj alsjeblieft weer levend!' jammerde ze.

En Richard jammerde ook. 'Dat ons dit moet overkomen! Dat ons dit moet overkomen!'

Toen ze thuis aankwamen was het allang donker en het geknal was nog heviger geworden. Ze waren ingehaald door joelende auto's, alsof ze het mikpunt van de stad waren. Met die mensen hadden ze niets te maken, zij waren een andere soort. Putzi was liever een dier geweest, allang. Ze vroeg waar Sjamasj nu was, maar zou geen enkel antwoord geloofd hebben. En Richard Leeuwenhart, was hij niet ook een dier? Onderweg naar huis met hun treurige last vertelde hij Putzi hoe zijn vader hem had genoemd toen hij klein was – Richard Leeuwenhart –, hij doorspekte zijn verhaal met grappen, hij kon ze niet zonder snikken vertellen, maar Putzi lachte er toch om, en huilde meteen weer verder. Hij was uitgeput. Hij liet Sjamasj' lichaam in de kamer op de vloer vallen en viel ernaast neer. Hij viel direct in slaap. Werd direct wakker. Een uur lang trilden zijn armen nog na van de inspanning. Putzi was helemaal stil, ze zat in kleermakerszit naast de dode hond, ze had haar schoenen nog niet uitgetrokken, om haar heen een plas van smerig sneeuwwater. Haar handen zaten onder het bloed omdat ze Sjamasj' kop streelde. Het was al gestold, het bloed, en zag er zwart uit. Ze vergaten dat Tanja een kilometer verderop in een fijn, warm, welriekend huis aan een met kaarsen versierde tafel vol heerlijks op ze zat te wachten. Zoals ik Richard kende, had hij nu niet eens direct kunnen zeggen hoe zijn vrouw heette. Hij was afwezig. En er was nooit een vrouw in zijn leven aanwezig geweest. Hij kon geen leed verdragen. En Putzi kon het ook niet. Ze waren allebei zo stil omdat ze erover nadachten wat leed nou eigenlijk was. Omdat ze erover nadachten wat hun overkwam. Maar ze dachten natuurlijk helemaal niet na. Ik denk voor hen na, in hun naam.

Om elf uur 's avonds werd er aangebeld. Ze wisten wie het was. Het was Tanja. Wie anders. Tanja wist waar ze waren – in hun eigen huis. Waar anders. Ze belde aan, en belde nog eens aan en nog eens. Ze stond op de stoep voor het huis de naam van haar man te roepen. Uiteindelijk zette ze haar vinger op de deurbel en hield hem daar, één minuut, twee minuten, drie minuten. En toen vertrok ze. Ze dacht dat het uit was. Ze geloofde niet dat ze haar man ooit terug zou zien. Deze unieke man die een nieuwe wereld in haar leven had geopend. Ik denk voor haar in haar naam. Maar onderweg terug naar haar prachtige kaarsen en haar prachtige buffet besloot ze niet bij hem weg te gaan en niet van hem te scheiden. Ze was getrouwd en wilde dat blijven, ook al zou ze haar man nooit terugzien.

Ze zag hem terug. En ze bleef zijn vrouw, tot de dood hen scheidde.

Op nieuwjaarsdag tilden Richard en Putzi de dode Sjamasj in de kinderwagen die Kitti vergeten was mee te nemen en die beneden in het trappenhuis naast de portiekdeur stond, dekten hem toe met het tafelkleed van wasdoek en liepen met hem door de nieuwjaarsstille stad naar het meer en langs het meer naar de baggergaten waar Richard de oude badkuip had gevonden. Ze hadden besloten Sjamasj daar te begraven. Putzi droeg haar oude zandbakschep over haar schouder, Richard had in de kelder een breekijzer gevonden dat van niemand was. Ze bikten en schepten een gat, wat veel werk was en smerig werk en veel tijd kostte, koude tijd in de winter. Ze legden het kadaver erin, Putzi had een afscheidsbrief geschreven met een kwast en niet-wateroplosbare verf, niet één fout had ze gemaakt, ze gaf haar vriend de envelop mee in zijn graf. Richard had de kop van de hond verbonden, zodat ook onder de grond niet zichtbaar zou zijn hoe hij was toegetakeld. Putzi had zijn vacht geborsteld, maar was er meteen mee opgehouden, omdat er zoveel haren loslieten. Ze dekten hem toe met de sneeuwdoorweekte aarde. En stonden een tijd naar de bult te kijken.

Twee keer heeft Richard Sjamasj geschilderd. Het eerste schilderij is klein, niet groter dan een schoolschrift, liggend formaat. Sjamasj, heel realistisch, goed te herkennen als de hond die alle stadsbewoners elke dag naast zijn baasje zagen lopen, staand in zijaanzicht, zijn kop half en profil, maar de ogen zijn, zoals de ogen op – bijna – alle schilderijen die mijn broer schilderde, op de toeschouwer gericht. Het zijn mensenogen met wimpers en wenkbrauwen. Op de achtergrond zie je behang. Daar hield Richard van: terugkerende patronen, die verzon hij zelf en schetste hij van tevoren met potlood in zijn patronenschrift. Hier zijn het ruiten, sierlijke krullen aan de binnenkant, blauw op goud. Het schilderij is van mij.

Het tweede schilderij is een meter breed en zeventig centimeter hoog, ook liggend formaat. Sjamasj is exact zo afgebeeld als op het eerste doek, alsof Richard het heeft overgetrokken. Alleen: Putzi zit op zijn rug. Ze zit alsof de hond een bank is, haar benen niet links en rechts van zijn lichaam, maar parallel en in de richting van de toeschouwer. Ze heeft een rode pofbroek aan, hij doet aan zijde denken, en een smaragdgroen Turks jasje, zulke kleren heeft ze nooit gehad, anders had ik het wel geweten. Aan een voet draagt ze een gouden muiltje met een naar boven gekrulde punt. De andere voet is rozerood en bloot, de tenen zijn gespreid. In haar linkerhand houdt ze een viool, ze houdt hem bij de hals vast, ze heeft haar arm opzij gebogen zodat de klankkast tegen haar hoofd komt te liggen. Met haar rechterhand houdt ze de strijkstok vast, ze wijst ermee naar linksonder, diagonaal over haar lichaam. Zij kijkt serieus, zoals alle mensen op Richards schilderijen. Maar – uitzondering! Ze kijkt niet de toeschouwer aan, maar naar Sjamasj, en Sjamasj' ogen zijn op dit schilderij ook niet op mij gericht, hun blikken treffen elkaar.

Ik weet niet wat er met het schilderij is gebeurd. Ik heb er alleen een foto van. Ik weet ook niet wie de fotograaf was, misschien Richard zelf. Na zijn dood, maar ook pas een paar jaar later, heb ik de foto laten vergroten en hem ingelijst. De lijst viel op een gegeven moment van de muur, het glas brak, ik bewaarde de foto in mijn bureaula.

Ik laat hem aan Michael zien.

Hij zegt: 'Het meisje maakt een hoofdletter R.'

Nu zie ik het ook, en ik snap niet hoe ik dat al die tijd niet heb kunnen zien: Putzi's bovenlichaam en in het verlengde daarvan haar benen zijn de verticale lijn van de letter, haar gebogen linkerarm met de viool tegen haar hoofd zijn de ronding, haar rechterarm met de strijkstok, die over haar lichaam naar beneden wijst is de diagonale lijn.

'R staat voor Richard,' zegt Michael.

'Denk je?'

'Wat moet het anders betekenen?'

'Volgens mij is het misleidend,' zeg ik. 'Doelbewust misleidend.'

'Volgens mij niet. Hij dacht heel simpel. Ik kende hem beter dan jij. Heb je zelf gezegd.'

'Misschien toch niet.'

'Wat moet het anders betekenen?'

'Ik heb geen idee.'

Ik heb werkelijk geen idee.

4

Putzi werd ziek. Richard was ook graag ziek geworden, maar ze was hem voor. Ze kreeg koorts en lag te ijlen. Ik ging naar ze toe met aspirine en paracetamol en we probeerden het met azijnsokken. Ik maakte me zorgen, raakte zelfs in paniek, omdat ik alle mogelijke gevolgen aan me voorbij zag trekken zonder dat ik mijn gedachten kon sturen. Wat nou als Putzi overleed? Ik vroeg een bevriende arts om naar haar te komen kijken, ik vertelde hem wat er gebeurd was, alles. Zijn diagnose: rouwkoorts.

Ik bracht Tanja op de hoogte, zei dat Richard wilde dat alles goed zou komen tussen hen, hij zou nu definitief met Putzi bij haar intrekken, of ze hem wilde vergeven, en zo niet, dan moest ze 'zich tenminste over het meisje ontfermen, zolang er geen god is die het doet'. Die woorden gebruikte ik niet tegenover haar. Er zat geen vals pathos in, dat wist ik, het waren woorden uit zijn waarheid. Hoe had ik dat moeten uitleggen aan iemand die hem niet kende? Ik typ de letters in op mijn computer en zie de woorden voor me en kan ze niet serieus nemen, ze kijken me vals aan. Wat moet dat in vredesnaam betekenen: 'woorden uit zijn waarheid'? Geklets om aan sprakeloosheid te ontsnappen. Ik had mijn broer nooit zo meegemaakt. Tot dan toe niet. Ik dacht altijd: die blijft nog kalm als ze op de radio de wereldondergang aankondigen. Ik probeerde hem te kalmeren, kinderen hebben wel vaker koorts, zei ik haast blijmoedig. Ik vertelde over Oliver toen hij de bof had, en over toen Undine tweeënveertig graden koorts had en azijnsokken en pillen samen niets hadden uitgehaald.

Tanja kwam haar ophalen, Richard wikkelde Putzi in een deken en droeg haar naar de auto. Hij nam haar voorin bij zich, in de sportauto was op de achterbank niet genoeg plaats voor hen samen, hij wilde zijn lieveling niet loslaten, en ze klampte zich met haar gloeiende handjes aan hem vast.

Tanja maakte de grote slaapkamer voor haar klaar, ze dacht dat Putzi geen minuut zonder haar vader wilde en kon. En zo was het. Zelf ging ze in Putzi's kinderkamer slapen, die ze 'Rosi's kinderkamer' noemde. Uit geen woord sprak verwijt, uit geen enkele blik. Ze nam een week vrij van kantoor. Ja was bij Tanja ja, nee was nee. Ze vertelde haar partners de waarheid en niets dan dat, over de dode hond, over het zieke kind, over haar weergaloze man. In haar privéleven had tactiek geen betekenis. Ik dacht: hier heeft een wonderlijk mens een wonderlijk mens gevonden, hij wonderlijk in het zwart, zij wonderlijk in het wit.

Richard sprak namelijk voor de zekerheid nooit de waarheid, tegen niemand, nog niet eens tegen zijn spiegelbeeld – daarmee wachtte hij altijd een tijdje en soms zei hij de waarheid nooit. Een leugen was voor hem iets volstrekt normaals, gewoon iets wat je zegt, hoe je iets afschildert wat nog niet gebeurd is, maar wel zou kunnen gebeuren. Hij had elke leugendetector doorstaan.

Tanja's plan was om langzaamaan een plekje in Putzi's hart te veroveren. Voor wat meer plek, of veel zelfs, zou ze tijd genoeg hebben, alle tijd. Daar vertrouwde ze op. Ze zouden een gezin zijn. Ware liefde zou herkend worden. Zo niet nu, dan later.

Ze deed haar werk goed.

Ik moet Tanja prijzen. Ook omdat ik tot dusverre zoveel distantie heb laten blijken. Ze haalde Mickey Mouse-albums voor Putzi in huis, mooie oude van haar broer, en las ze samen met haar, ze zette een potje honing naast haar bed, met een lepel, want ze wist hoe dol Putzi op honing was. Ze legde een natte washand op haar voorhoofd en zei: 'Wil je muziek luisteren, Rosi?'

Ze had al zo vaak 'Rosi' tegen haar gezegd, sinds Richard de naam had genoemd elke keer, en elke keer had Putzi zich erover verbaasd. Maar ze had bij zichzelf gedacht: ze hoort niet bij ons, ze mag zeggen wat ze wil, ze heeft ook nooit 'Sjamasj' gezegd, altijd alleen maar 'hond'. Maar nu was Tanja van 's ochtends tot 's avonds bij haar. Het was rustig. Het was warm. Het rook lekker. Tanja glimlachte, ze praatte zachtjes en ze praatte niet veel.

'Waarom noem je me altijd Rosi?' vroeg Putzi.

'Omdat je Rosi heet.'

'Maar ik heet geen Rosi.'

'Heet je Rosemarie en wil je dat ik je zo noem, omdat je al groot bent?'

'Ik heet geen Rosemarie.'

'Heet je Roswita?'

'Nee.'

'Rosalinde?'

'Nee.'

'Rosina?'

'Nee.'

'Hoe heet je dan?' Tanja dacht dat het een spelletje was. Een spelletje zoals Richard zou spelen, tot hij alle namen had gehad die met 'Ros-' begonnen. Ze wilde haar plezier niet bederven en ze wilde ook een beetje grappig zijn.

'Ik heet Putzi.'

'Nee, zo heet geen enkel kind,' zei Tanja. 'Geen mens heet zo. Zo noemen grote mensen een kind. Het is een koosnaampje. Een bijnaam. Maar zo heten kan niet. Niet echt.'

En toen gebeurde het dat Putzi opeens hetzelfde dacht. 'Hoe heet ik echt?' vroeg ze.

En weer dacht Tanja dat het een spelletje was. 'Heet je misschien Isabell?' vroeg ze. Ze kwam op die naam omdat een van de secretaresses op kantoor zo heette.

'Nee,' zei Putzi, 'zo heet ik niet.' En ze bedoelde daarmee dat niemand haar ooit zo had genoemd.

'Heet je misschien Gabriele?' Zo heette de secretaresse van dr. Rauch, die eigenlijk al de leeftijd had om met pensioen te gaan en die haar baas indertijd van zijn vader had overgenomen.

'Nee,' zei Putzi, 'zo heet ik ook niet.'

'Dan heet je zeker Adele.' Zo heette Tanja's moeder.

'Nee, ik heet ook geen Adele.'

Ze wil het me niet vertellen, dacht Tanja, en ze kreeg het benauwd. Want waarom had Richard haar verteld dat het kind Rosi heette? Waarom? Opeens had ze het gevoel alsof ze in een nachtmerrie zat.

'Putzi,' zei ze, 'alsjeblieft. Ik moet toch weten hoe je heet.'

En Putzi zei: 'Ik weet het niet.' En ook al kende ze het woord niet, Putzi dacht niet anders dan Tanja, namelijk dat ze in een nachtmerrie zat.

Ik moet Tanja prijzen. Ze praatte niet verder op Putzi in. Ze schoof dichter naar haar toe op het bed, ze omarmde haar niet direct, ze dacht dat ze dat moest doen. Ze keek haar aan, legde haar hand naast Putzi's handje, niet te dichtbij maar ook niet te ver weg. Ze zei niets meer. Ze wachtte. Ze wachtte tot Putzi haar hand aanraakte. Ze schoof nog dichter naar haar toe en wachtte weer. Na een tijdje dacht ze dat het kon en legde ze haar andere hand op Putzi's voorhoofd en aaide haar zachtjes. En zo bleef ze zitten, tot het meisje in slaap gevallen was.

Ik moet haar prijzen. Toen Richard 's avonds thuiskwam, maakte ze geen theater. Toen ze zich ervan verzekerd had dat Putzi sliep, het was al na middernacht, vroeg ze: 'Richard, hoe heet Putzi nou echt?'

'Rosi,' zei Richard. 'Waarom?'

'Ze zegt dat ze niet zo heet.'

'Omdat ze het geen mooie naam vindt.'

'Richard, ik moet het weten!'

'Wat moet je weten?'

'De waarheid.'

'Ja, de waarheid,' zei hij, 'de waarheid is dat ze Rosemarie heet, en dat wil ze niet horen, ze heeft er een hekel aan.'

'Ik heb haar gevraagd of ze Rosemarie heet.'

'En?'

'Ze zei van niet.'

'Zou jij graag Rosemarie heten?'

'De waarheid, Richard. Alsjeblieft, de waarheid! Ik moet het weten!'

5

Ik kan het antwoord geven: waarom Tanja de waarheid moest weten. Waarom ze het niet alleen wilde weten. Maar moest.

Ze wilde Richard pas van haar plannen op de hoogte brengen zodra Putzi weer beter was en hij zijn aandacht op een heel ingewikkelde, misschien heel vervelende zaak kon richten. Ze wilde juridische stappen ondernemen, zodat Kitti niet alleen het zorgrecht voor haar kind zou kwijtraken, maar dat ze ook gedwongen – overgehaald – werd om haar kind ter adoptie af te staan. Misschien kon dat alleen door Kitti het ouderlijk gezag gedeeltelijk te ontnemen, maar als het niet anders ging, tja. Deze moeder had laten zien volstrekt niet in staat te zijn naar haar kind om te kijken en voor haar kind te zorgen – anders dan de vader, die een liefdevolle vader, een oplettende vader, een verantwoordelijke, ingoede man was. En bovendien, als Tanja het adoptierecht kreeg, zou Putzi in een onberispelijk, gecultiveerd en vermogend gezin opgroeien. Ze moesten er rekening mee houden dat Kitti zich zou verweren. Dan kon het een pijnlijke kwestie worden. Maar misschien was Kitti ook blij. Ze had zich al bijna een jaar niet om haar dochter bekommerd, geen bezoek, geen telefoontje, geen brief. Ze had geen geld overgemaakt en had de jeugdzorg geen opdracht gegeven om haar dochter in de gaten te houden. Dat kon toch alleen betekenen dat ze Richard vertrouwde, óf dat het haar gewoon niks kon schelen. Misschien kon het buiten de rechtbank om. Met geld. Dat klonk niet fraai. Maar wat niet fraai klinkt, kan wel fraai zijn – of fraai worden. Ook voor een fors bedrag zou Tanja niet terugschrikken. Het ging om een mens en om zijn geluk. Om twee mensen. Om drie mensen. En als Kitti ook een beetje gelukkig was met het geld om vier mensen. Maar het kon niets worden als Putzi 'Putzi' heette. Nergens ter wereld zou op een aanvraag de naam Putzi volstaan onder 'voornaam van het te adopteren kind'. Ze moest de zekerheid hebben dat het kind Rosi heette – als het Rosi heette. Ze moest aktes kunnen overleggen. Tanja *moest* de waarheid weten.

Kitti woonde in Graz. Of ze een relatie had, had Tanja niet ontdekt. Wat waarschijnlijk betekende: meerdere relaties. Wat weer gunstig zou zijn. Ze leefde in bescheiden omstandigheden, zeer bescheiden omstandigheden. Ze had geen vaste aanstelling. Soms werkte ze in een café. Maar het kon ook zijn, het was zelfs waarschijnlijk, dat dat baantje voor de schijn was, voor de verzekering misschien. Een vorm van oplichting dus. Gunstig. Tanja had ontdekt dat ze een tweede kind had, maar niet hoe dit kind het maakte. Misschien woonde het bij de grootouders. Het leek allemaal heel positief.

Maar dat leek het maar. Het was beslist een fout dat Tanja niet eerst met Richard had gepraat. Maar dat maakte niet uit. Linksom of rechtsom, het zou zijn afgelopen zoals het afliep. Ze wilde op de tast vooruit. Ze schreef Kitti een brief. Een tweede fout was dat ze die brief op briefpapier van Dr. Rauch und Partner schreef. Dat zag Kitti waarschijnlijk als een dreigement. De brief was persoonlijk van toon, vriendschappelijk haast. Tanja stelde zich voor, schetste haar leven en haar leven met Richard en Putzi. Voor de zekerheid had ze het over 'Putzi' en niet over 'Rosi'. Ze praatte er niet omheen. Er zou een hartenwens van haar in vervulling gaan als Kitti met een adoptie zou instemmen. Richard en zij waren bereid op al haar voorwaarden in te gaan. Die hint was wel duidelijk genoeg, dacht ze, Kitti zou wel begrijpen dat het woord 'voorwaarden' hetzelfde betekende als 'geld'.

De gevolgen waren afschuwelijk.

Een paar dagen nadat Tanja de brief had verstuurd, stond Kitti bij Richard voor de deur – voor de deur van zijn 'oude huis'. Kerven bij haar mondhoeken, haar haar bruinig, netjes opgestoken, een legerbroek met camouflagepatroon, een bruinleren lumberjack, vingerloze handschoenen, ook van bruin leer. Richard was thuis en Putzi was bij hem. Ze was weer beter. Verdrietig was ze, en ze miste Sjamasj. En Richard miste hem ook, het borstelige beest. Daarom hielden ze de laatste tijd een middagslaapje, misschien droomden ze wel van hem.

Kitti was niet alleen gekomen. Ze had drie mannen meegenomen. Twee kleerkasten en een normale. Ze belde aan en bonsde op de deur.

Toen Richard opendeed, zei ze alleen: 'Hier dat kind!'

De twee kleerkasten kwamen naast haar staan, de normale stelde zich voor als jurist. Hij liet een visitekaartje en een identiteitsbewijs zien. Nog redelijk losjes overigens.

Kitti riep naar binnen: 'Ayasha Roya, kom naar buiten! Kom ogenblikkelijk naar je moeder! Ayasha Roya!'

'Als u ons problemen bezorgt,' zei de normale tegen Richard, 'krijgt u problemen.'

Een van de kleerkasten wees naar zijn collega en zichzelf, wuifde met zijn wijsvinger tussen hen beiden heen en weer en zei: 'Dat zijn wij dan misschien, die problemen.'

'Onder andere,' zei de normale. 'Maar dat is niet mijn takenpakket.'

Richard was er nog niet helemaal bij. Terwijl hij de mannen aangaapte, stiefelde Kitti langs hem heen naar binnen, trok Putzi, die er ook nog niet helemaal bij was, uit haar bed en trok haar aan haar armpje het huis uit en de trap af. Het ging allemaal heel snel. Pas toen ze buiten stonden, begon Putzi te schreeuwen.

'Papa,' schreeuwde ze, 'papa, papa! Papa, help!' Kitti hield haar zo hoog bij haar arm dat ze op één been mee moest springen, op blote voeten.

Kitti en haar gevolg waren met twee auto's uit Graz gekomen, in de ene zaten de kleerkasten en de normale man, in de andere, een eenvoudige Mazda, wel een rode, Kitti en, zoals we later begrepen, de eigenaar van het café waar ze soms werkte. Hij had beneden op haar en Putzi gewacht, met draaiende motor. Ze duwde het trappelende, huilende en krabbende kind op de achterbank, gooide het portier dicht, beende om de auto heen, stapte in – en daar reden ze al. Richard kwam net naar buiten rennen, en hij rende achter de auto aan met zijn scheve benen, hij ook op blote voeten, harder dan hij ooit had gerend, de pijn van de Engelse ziekte in zijn heupen liet hem alleen maar harder lopen, roepen kon hij niet, laat staan schreeuwen, zijn benen hadden nu alle kracht nodig. Hij bleef rennen, rennen, rennen tot hij de auto niet meer zag, hij rende de stad door, over de provinciale weg de stad uit, hij rende tot hij instortte en bleef liggen op de grasstrook tussen weg en fietspad.

6

Ayasha Roya heette Putzi dus. Kitti had de naam inmiddels leren uitspreken. Tanja kon hem uitspreken zodra ze hem las. Ze las hem in de brief die de normale begeleider aan advocatenkantoor Rauch und Partner schreef. Er stond geen 'Geachte mevrouw dr. Tanja – en dan haar achternaam' boven de brief, maar 'Geachte collega's'. Wat er in de brief stond, hoef ik niet uit te leggen. Alles. En leugens. Niets positiefs voor Richard. Ook weinig positiefs over Kitti. Maar wel haar nadrukkelijke wens om haar kind, Ayasha Roya, terug te krijgen. En dat Richard niet de vader van Ayasha Roya was. Dus geen enkele aanspraak op het kind had.

VI

Lange leegte

1

Leegte is waar niets is. Leegte is waar eens iets was. Hoe zou je anders van leegte kunnen spreken? Zulke spitsvondigheden zijn eigenlijk niets voor mij. Ik vraag Michael of je van kleinere en grotere leegte kunt spreken. 'Kun je leegte meten?' vraag ik. Hij vindt de vraag interessant. Meer niet.

Hoe ik op die leegte kom – Richard was vijfentwintig toen Putzi hem werd afgepakt. Hij heeft nog vijf jaar geleefd. Als ik aan een boek werk, droom ik soms en ben ik in mijn droom in mijn boek.

Ik droomde dat Richard toekeek hoe ik schreef. In mijn droom zegt hij: 'Het waren vijf lege jaren.'

Ik vraag: 'Wat zijn lege jaren?'

Ik moet het met een leeg zwembad vergelijken, zegt hij, een leeg privézwembad. Ik vraag of de eigenaars van het huis soms op reis zijn. Nee, zegt hij, ze kunnen zich er alleen niet toe zetten het bad vol te laten lopen.

Ik weet weinig over deze vijf jaar. Eerst hoorden we niks van hem, ook niet van Tanja. Ik dacht ook al dat ze gescheiden waren. Waren ze niet. Tanja uit volharding en trouw niet, Richard uit onverschilligheid en gemakzucht niet. Toen ik twee maanden niks van hem had gehoord, balanceerde ik tussen berouw en terughoudendheid. Niet de vernederde en beledigde moet als eerste contact opnemen, maar de zus van de vernederde en beledigde. Omdat het met haar beter gaat.

Ik ging bij Tanja in haar prachthuis op visite. Ik rekende er niet op dat ik Richard zou zien. En inderdaad. Ze zat voor de televisie pinda's te eten. Geen spoortje huilerigheid. Dat was een opluchting. Geen vijandigheid. Wat ik haar vergeven had. Het ging de goede kant op met Richard, zei ze. De vloer lag bezaaid met aktes, overal paperassen. Ze ging zich niet meer met de zaak bemoeien, zei ze. Richard wilde er een streep onder zetten. Zij ook. Dat hadden ze allebei verdiend.

Ik vroeg waar ze aan merkte dat het de goede kant op ging met Richard.

De curve ging nu nog omlaag zei ze, maar het dieptepunt was in zicht, daarna zou de stijging inzetten. Ze vertelde. Richard was veranderd, hij was begonnen bier te drinken als hij 's avonds alleen in zijn kamer zat, hij rookte zijn wiet, hij wilde zich niets herinneren, ook Putzi niet, als haar naam viel, ging er een steek door zijn hart en nam hij een stevige haal. Hij was uitgeput. Op de plek waar anders Sjamasj had gewaakt, aan zijn voeten, stond nu een batterij lege flessen. Hij waste zich niet meer, en toen hij in haar aanwezigheid een keer zijn overhemd had uitgetrokken, had hij naar zijn buik gekeken en zich verbaasd. Dat kwam van het bier, had hij gezegd, en omdat hij geen schoon hemd had gevonden, had hij het oude weer aangetrokken. Als hij hoestte, vloog het stof op.

'Schildert hij?' vroeg ik.

Dat wist Tanja niet.

Diezelfde avond zocht ik hem alsnog op in de bovenstad. De portiekdeur stond open, ik liep de trap op, twijfelde bij elke trede en klopte toen aan, aanbellen wilde ik liever niet.

Alsof hij achter de deur op me had zitten wachten, riep hij: 'Hier woont een artefact! Attentie! Attentie!'

Hij kon niet weten dat ik het was. Of hij moest uit het raam hebben staan kijken.

'Ik ben het,' zei ik, 'Monika. Ik wil alleen weten of je schildert.'

'Even wachten,' zei hij.

Ik hoorde hem weglopen en terugkomen en weer weglopen en terugkomen, een tijdje heen en weer.

Toen zei hij: 'Ik doe de deur van het slot. Tel tot tien, kom binnen en doe de deur achter je dicht. Mijn werk staat tegen de muur, het oude bovenop, het nieuwe achteraan. Ik ben in de keuken. Laat me daar. Ik ben nog niet helemaal klaar met alles. Maar wel bijna. Ik kom bij je langs. Morgen of overmorgen. Ik kom bij je in de winkel. Bekijk mijn werk en ga dan alsjeblieft weer weg! Maak je maar geen zorgen.'

Hij had veel werk gemaakt. Op lege dozen die hij aan elkaar had geplakt en met witte dispersieverf had gegrond. Ik telde vijfentwintig schilderijen. Boven elk schilderij stond klein, in zwarte inkt: 'Onaangedaan'.

Hij had gewerkt met kleurpotlood, met waterverf, met oliepastel, met acrylverf, maar ook met olieverf. Er was nergens een mens te bekennen. Berg- en weidelandschappen – ik vond ze saai. De bomen waren mooier, ze waren ingepakt in mos, op sommige slingerden zich bloemen over de stam tot ver in de takken. De bomen waren verzonnen, de bloemen ook, ze leken op orchideeën en kokardebloemen. Op een serie waren paddenstoelen afgebeeld, ze werden per schilderij groter, op één paddenstoel dartelden tussen de witte vlekken piepkleine paardjes rond tegen een rode achtergrond. De schilderijen met de apen vond ik het best, ik was opgelucht, ze hadden mensenogen en keken me aan. Op de laatste waren alleen patronen te zien. Van dichtbij herkende ik lettertekens. Duizenden lettertekens zonder betekenis. Of wel met betekenis.

2

Mijn gezin, dit was nu mijn gezin: Michael, Oliver, Undine en de kleine Paula, ze was nog in Bregenz ter wereld gekomen – niet veel later verhuisden we naar Michaels ouderlijk huis in Hohenems. Zijn vader was overleden, aan een hartinfarct, amper eenenzestig jaar was hij geworden, een man met een alpino, neonkleurige sokken en hoogwaterbroeken, ik was dol op hem geweest. Michaels moeder woonde in een verzorgingstehuis. Het ouderlijk huis moest leeggeruimd en verbouwd worden. Onze vriend Hubert hielp ons. Richard belde, hij had gehoord dat hulp welkom was, hij was bereid om te komen, Gretel had het hem verteld, hij had wel gereedschap. Maar toen kwam hij niet. Ik kwam Schuggi op straat tegen, zijn vriend met de scheve armen die de gewoonte had dagboek te houden, alles op te schrijven, hoe onbelangrijk het ook was, het nam hem zo in beslag dat hij nergens anders meer tijd voor had. Daardoor had hij Richard ook niet meer gezien, omdat hij niet van zijn dagboek op durfde te kijken, maar voor mij wilde hij wel naar hem toe gaan om te vertellen dat zijn zus hem nodig had. Hij kwam terug met de mededeling dat hij Richard niet had kunnen vinden. Hij was voor zijn deur gaan zitten, een hele avond, meer kon hij helaas niet voor me doen, en hij moest ook direct opschrijven wat er allemaal gebeurd was.

We waren overmoedig geworden bij het leegruimen van het huis en hadden veel bruikbare spullen weggegooid, daar hadden we spijt van omdat we zelf zo weinig hadden en er aan de spullen herinneringen kleefden. Undine verzamelde kopjes die ze niet mooi vond en legde spullen apart die haar waardevol leken. Een oude bandrecorder bijvoorbeeld. Hubert probeerde samen met Michael de vloerbedekking uit de eetkamer te trekken. Het was op het heetst van de zomer. Hubert viel flauw. Oliver en hij isoleerden de zolder met steenwol, het was bijna vijftig graden daarboven. Tante Kathe kwam met haar driftige man, en ze hielpen mee, zij werkte, hij zei dat hij alles in één keer zou afvoeren als hij ons was, het was allemaal maar troep. Een leeg huis, dat was het ware. 'Rats, rats, rats, alles eruit!'

Ik moet toegeven, we vergaten Richard een beetje. Je kunt iemand helemaal vergeten, en je kunt iemand ook een beetje vergeten. We vergaten Richard een beetje toen we in ons gerenoveerde huis woonden en Lorenz geboren werd en we zo weinig sliepen. Ik lag in het ziekenhuis, de pasgeboren Lorenz op mijn borst, toen moest ik aan Richard denken en aan hoe hij van de verschoontafel was gevallen. Richard, waar ben je? Wat doe je? Gaat het goed met je? Heb je een nieuwe hond? En daar vergat ik hem alweer. Michael kwam op bezoek en bewonderde zijn zoon, die zo pienter de wereld in keek. Toen hij thuiskwam, zaten er mensen in onze nog altijd provisorische keuken, een man of vijf, zes die hij niet kende, vrienden van mijn zus Renate, ze was uit Berlijn gekomen om ons te helpen en had ze uitgenodigd, daar zaten ze te roken, de rook in de lucht liet hun gezichten verdwijnen, en een van de mannen, die Michael nog nooit had gezien, vroeg: 'Wie ben jij, kennen ze je hier, of kom je hier om je zakken te vullen?'

'We moeten ons ontfermen,' zei ik toen ik thuiskwam met de lieve stille Lorenz.

'Over wie?' vroeg Michael.

Over Oliver? Over Undine? Over Paula? – Ik koos voor Richard.

'Wat moet ik doen?' vroeg Michael.

'Ga bij hem langs.'

'Morgen,' zei Michael.

En ik: 'Ja, meteen morgen.'

Maar de dag daarop vergaten we weer wat we ons hadden voorgenomen.

Richard, hoor je mij?
Ik hoor je.
Kun je me vergeven, Richard?
Er valt niets te vergeven.
Dat ik veel over je heb verzonnen.
Dat had ik ook over jou gedaan.
Je hebt nooit een schilderij van me gemaakt.
Ik was geen schilder die schilderde wat hem werd opge-

dragen. Ik heb mezelf niet eens laten vertellen wat ik moest schilderen.

Wat heb ik voor je betekend in je leven, Richard?

Ik ben bang dat ik op vrijwel geen van de vragen die je me wilt stellen een antwoord weet.

Er moest toch iemand voor je zorgen. Ik deed alsof ik iemand anders was. Je gouvernante, zoals Gretel zei. En toch had ik me meer over je moeten ontfermen.

Wat zegt Michael over mij?

Hij zei dat je niet zo aan het leven gehecht was.

Dat weet ik zelf niet helemaal. Ik heb eens in een trein gezeten die ontspoorde. Dat was in Zuid-Frankrijk. Ik was iets over de twintig. Niks ernstigs. Stel nou, zei iedereen na afloop. Ik niet. Ik zat in de wagon voor de wagon die uit de rails gelopen was. Die van mij stond scheef, maar hij stond overeind. Ik had een bult op mijn hoofd. Er was niemand ernstiger aan toe. Ik bloedde, verder bloedde er niemand. Ik zag hoe een man naast de rails knielde en God dankte en om vergeving vroeg. Mijn Frans was niet goed. Ik vroeg mijn vriend, die met me meeging, Schuggi, die sprak Frans, ik vroeg hem waarom die man zich verontschuldigde bij zijn God, waarom hij zijn God om vergeving vroeg. Schuggi maakte zijn oor lang en strekte het naar hem uit en zei: omdat hij zijn vrouw bedriegt en omdat hij dat, hoewel de trein ontspoord is, weer gaat doen, vandaag nog zelfs. Toen de man opstond, veegde hij zijn broek bij zijn knieën af, hij wilde er goed uitzien als hij naar zijn minnares ging. Ik denk dat hij haar niet heeft verteld wat er gebeurd was.

Vertel me niet zulke verhalen, Richard. Die heb je verzonnen.

Hebben jullie mijn urn doorboord? Zodat mijn stof met de aarde mengt. Dat wilden jullie toch doen, Michael en jij. We zijn het vergeten. Het spijt me, Richard. Ik zal het goedmaken.

3

En toen was Richard dertig. Op de dag dat ik met Paula en Lorenz en Hubert naar Lindau reed om vuurwerk te kopen, keek ik omhoog naar de zijden hemel en stond ik de kinderen toe hun sportschoenen aan te doen, hoewel het daar veel te koud voor was. Hubert wist een winkel waar ze vuurpijlen verkochten die alleen maar mooi waren, zonder veel lawaai en vuur. Hij maakte ons aan het lachen en zwierde over straat alsof hij walste, Paula deed hem na, ik danste ook, de kleine Lorenz keek aandachtig naar mij en zijn zus en zijn peetoom.

'Veeg je handen af,' zei ik op de terugweg tegen de kinderen, 'anders wordt Huberts auto vies.'

Thuis stond Michael bij de deur te wachten. Hij vroeg Hubert even op de kinderen te passen, ze bij ons weg te houden, ze moesten hem en mij alleen laten, alle drie, vijf minuten maar. Michael zag er ontdaan uit.

'Richard heeft er een eind aan gemaakt,' zei hij.

Mijn vader had gebeld om het te vertellen, een heel kort telefoontje.

Oliver kwam uit school en vroeg waarom we er zo gek uitzagen. Undine kwam uit school en vroeg waarom we er zo gek uitzagen.

Er schiet me een uitdrukking te binnen waarvan ik niet weet of ze nog wat waard is: *rust des slaaps*. Het zijn woorden uit een kerklied. Ik kies ze voor Richard en ze stellen me gerust.

Van deze auteur verscheen ook

ISBN 9789046827550

Josef en Maria Moosbrugger wonen met hun kinderen aan de rand van een bergdorp, ver van de andere bewoners. Ze zijn de buitenstaanders, de randgevallen, de armen, de bagage. Als de Eerste Wereldoorlog uitbreekt wordt Josef opgeroepen door het leger. Maria en de kinderen blijven alleen achter en zijn nu afhankelijk van de bescherming van de burgemeester. Maria raakt zwanger van Grete, het kind waarmee Josef nooit een woord zal willen spreken: de moeder van de vertelster van dit verhaal.

'Helfer is een geweldige schrijver, die met weinig woorden verborgen leed en ingehouden emoties beklemmend weet uit te drukken.' ***** *NRC*

'Een krachtig en roerend portret van een dysfunctioneel gezin.' *De Telegraaf*

'Helfer heeft weinig woorden nodig om je een hele wereld voor te toveren. Prachtig.' **** *NCRV Gids*

ISBN 9789046828823

Monika Helfer vertelt over een vader die zwijgzaam was, zoals velen van zijn generatie. Aan de oorlog heeft hij een beenprothese overgehouden en een baan als beheerder van een herstellingsoord voor soldaten in de Oostenrijkse bergen. Daar bevindt zich ook zijn grote trots: de bibliotheek. Als moeder ziek wordt, neemt vader in wanhoop een noodlottige beslissing. Helfer schetst een indringend portret van een naoorlogse kindertijd, en van een vader die door het leven werd ingehaald.

'*Waar vader was* draait om het zoeken naar verbanden en betekenis. Geschreven met humor en detail, op lichte en beeldende toon.' *de Volkskrant*

'Zo veel warmte, eerlijkheid en diepgang is zeldzaam. Je zou een boek vol kunnen schrijven met lof voor dit boek.' *Neue Zürcher Zeitung*

'176 bladzijden tederheid en liefde.' *Süddeutsche Zeitung*